すきまのおともだちたち

江國香織
絵　こみねゆら

集英社文庫

目次

装丁　タカハシデザイン室
絵　　こみねゆら

すきまのおともだちたち

私がはじめて彼女に会ったのは、もう随分前のことです。そのとき彼女は小さな女の子でした。小さな、とはいっても赤ん坊というわけではなく、十歳か、九歳にはなっていたでしょうか。すくなくとも私には、そのくらいに見えました。

私はといえば、すでに大人と呼べる年齢に達していましたが、若く、潑剌《はつらつ》としていました。新聞記者としての仕事がおもしろくなり始めたせいもあったでしょうし、私のことを大切に思ってくれる、ユーモアに富んだ恋人がいたせいもあったと思います。

私と彼女は、すぐにうちとけたわけではありませんでした。彼女は小さな女の子らしい用心深さで、はじめのうち冷たい態度をとりましたし、私は私で、そんな彼女を扱いにくいと思ったものです。
ここは、やはり、その日のことから話し始めることにしましょう。

とても暑い夏でした。さる経済学者にインタビューをする仕事があり、私はその学者の住む街に、二泊三日の予定で滞在していました。一日目に学者の授業風景を取材し、二日目にインタビューをして、夜にはメモをまとめ上げました。仕事がよく捗《はかど》りましたので、三日目の朝、ホテルの部屋で目覚めた私は上機嫌でした。

帰りの列車までまだ間がありましたから、私は午前中、ホテルに荷物をあずけて街を見てまわることにしました。噴水のある駅前広場とか、美術館とか、おみやげになるお菓子やお酒を売っている店とか、そんなものを見ようと思ったのです。でかける前に部屋でコーヒーをのみ、恋人に電話をしたことを憶《おぼ》えています。列車の時間を告げると、恋人は駅まで迎えにいくと言ってくれました。夕食を一緒にする約束をして、私はその長距離電話を切りました。

おもいきりまぶしい、温度も湿度も高い日でした。朝だというのに、日ざしは容赦なく空気を沸き立たせ、アスファルトにしみ込んで、新聞記者の蒸し焼きをつくろうとでもしているようです。

街路樹の葉陰やカフェのひさしの下、すこしでも涼しそうな場所を選んで、私は歩きました。本屋さんの前を通り、果物屋さんの前を通りました。私が泊っているホテルとは別な、大きくて高級なホテルの前も通りました。

知らない街を歩くのは、いつだって素敵なことです。郵便局をすぎたあたりから人通りがすくなくなり、そうなると一層旅情がかきたてられます。教会、民家、麦畑。原っぱ、小川、庭先にヤギのいる家。気持ちのいい風が吹き、小川にそって植えられた柳が、しなやかな葉と枝を揺らしています。

なんてしずかで、なんてきれいなんでしょう。

立ちどまり、私はうっとりとそう思いました。

ところで、私は仕事柄ほうぼうへ旅をしますが、いつも最初に絵葉書を数枚買い求め、旅のあいだつねにそれを持ち歩くことにしています。そうすれば、好きなときに誰にでも手紙を書けるわけです。

一本の柳の根元に足を投げだしてすわると、汗ばんだ額を風になぶられるにまかせ、私は葉書を書きました。もちろん恋人宛てにです。夜には会えるのに、それまでには届くはずのない葉書を書くなんて、愚かなまねだと思うでしょうね。さっきも言いましたが、私は若くて潑剌とした新聞記者で、恋をしていました。愚かなまねをするのは当然といえます。

それを書き終え、読み返して文面に満足すると、私は立ちあがっていま来た道をひきかえしました。田園の散歩はこのくらいにして、さっき見た郵便局でそれを投函《とうかん》しようと考えたのです。それから予定どおりに美術館をみても、列車にはじゅうぶん間に合います。

ところが、です。歩いても歩いても、郵便局がみつかりません。さっきたしかに見たはずの、麦畑も教会もありません。おなじ道を歩いているはずなのに、見おぼえのあるものに一つもでくわさないのです。十分も歩くと、私は不安になりました。二十分後には苛立《いらだ》ち始め、三十分後には、すっかり途方に暮れていました。道に迷ったことを、認めざるを得ませんでした。

ぱん

耳に鮮烈な、それでいてなつかしい音がきこえました。

ぱん。ぱんぱんぱん、ぱん。

近くの庭で、誰かがシーツを干しています。白い、質素な平織りのシーツでした。はためく布の陰から、ちらちら見えるのは女の子のようです。物干し竿《ざお》のまわりをいったりきたりして、大変手際よく、かつ効率的な力強さで、シーツからしわをとり除いています。

これが、彼女との出会いでした。私はしばらく道に立ったまま、ぱんぱんという小気味いい音に耳を傾け、日ざしと庭と、白い布と女の子のつくる、その光景に見入りました。あんなに小さいのに、一人で大きな洗濯物を干すなんて、たくましいなあと思ったのです（あとになってわかったのですが、そんなことは彼女のたくましさのなかで、物の数にも入らないことでした）。

「こんにちは」

思いきって声をかけたのは、道を訊《き》けそうな相手が、ほかに誰もいなかったからです。女の子がこちらを見ましたので、私は柵《さく》ごしに片手を上げ、にっこり笑ってみせました。女の子は笑いません。

「こんにちは」

私をじっと見つめ返して、そう言っただけでした。芝生の上を、二匹のちょうちょが上になり下になりしながら飛んでいます。

「ちょっと入ってもいいかしら」

女の子がうなずくのを待って、私は木戸を押しました。

「ミミズを踏まないように注意してね」

女の子は言いました。

「たいてい玄関のわきにいるんだけど、ときどき庭にもまわってくるの」

言われたとおり足元に気をつけて進むと、女の子の方でも私に近づいてきて、いかにもいままで洗濯物を干していた人らしい、赤くつめたい小さな手をさしだしました。

「道に迷ってしまったの。お父さんかお母さんはいる?」

握手のあとで、私は単刀直入にそう訊きました。

「いいえ」

女の子は物馴《ものな》れた調子でこたえ、

「でも、道ならあたしが教えてあげてもいいわよ」

と、まじめな顔のまま言いました。私はためしに泊っているホテルの名前を言ってみましたが、女の子はよくよく考えたあとで首をふり、そんな名前のホテルは聞いたこともない、と、こたえました。

「そう」

私はがっかりしましたが、女の子がわるいわけではないので、悲しい顔をしないように気をつけました。

「郵便局まで行かれればわかるんだけど」

そうつぶやいたときです。女の子は心底あきれたように——ほとんど、母親が子供をたしなめるような口調で——、

「なんだ、そうなの。はじめからそう言ってくれればよかったのに」

と言って、腰に両手をあてました。

「郵便局なら簡単よ。自動車があるから、乗せていってあげましょうか?」

「あなたが運転するの?」

おどろいて訊き返すと、女の子は気持ちのわるい虫でも見るような目で私を見て、

「まさか」

と言下に否定しました。

「あたしは小さなおんなのこなのよ。自動車はお皿が運転するわ。彼女はじゅうぶんなだけ、年をとっているから」

仕度《したく》をするあいだ待っていてほしいと言われ、促されるままに、私は家のなかに入ったのでした。

部屋はこざっぱりと片づいていました。実用的でありながら温かみを備えた家具の一つずつが、女の子の好みや性格を物語っているようです。窓の外のあかる

さと対照的な、室内の薄暗さとひんやりした空気も気持ちよく感じられました。

テーブルの上に、お皿が一枚のっていました。ひどく古めかしい様子をしていましたから、私には、これが彼女の言っていた「じゅうぶんなだけ年をとった」お皿だとすぐに察しがつきました。

「お待ちどおさま」

奥の部屋から戻ってきた女の子は、さっきつけていたエプロンをはずし、髪をととのえてきたようでした。持っている手提《てさ》げから、サングラスと、何かの柄《え》のようなものがつきでています。

「でかけましょう」

女の子は言い、さきほどのお皿を手にとりました。

「お客さまなの?」

声がして、ぎょっとしたことにお皿が喋《しゃべ》ったのでした。声も年をとっています。よく見ればお皿には顔があり、ぱっと見にはそれとわからないほどはかなげな、細い手足もありました。

「いいえ。郵便局を探している大きな女の人よ」

お皿に顔を近づけて、女の子は説明します。私はとくべつ大きいわけではありませんけれど、なにもかもが小ぶりなこの家のなかにいると、なるほど自分が大女になったような心持ちがしてくるのでした。

「なんだ、残念ね」

お皿はお皿で不満げです。

「以前住んでいたお邸《やしき》では、そりゃあしょっちゅうお客さまがみえたものよ。みなさん立派な外套《がいとう》を着て、手袋をしておみえになるの」

「でもそれは冬の話でしょ」

女の子はすぐさま言い返します。何のことだかさっぱりわからないまま、私は二人についていきました。

自動車は門のすぐ外側、ギンモクセイの茂みのそばに寄せて停《と》めてありました。緑色の、やや古めかしい自動車です。女の子は助手席を私にゆずり、後部座席に乗り込みました。

「まぶしいわね」

つぶやいてサングラスをかけ、飴《あめ》を一つ口にほうり込むと、私にも一つすすめてくれました。

まるで本職の運転手のように見事に、お皿は車を発進させます。

「名前を訊いてもいい？」

飴を片方の頬《ほお》に寄せ、私は尋ねました（飴は、バターミルクの味でした）。

「なんですって？」

となりでお皿が頓狂《とんきょう》な声をだしました。

「名前がわからないの？」

顔をしかめ、おどろきのあまり身をわななかせています。

「あなたいったい幾つなの？」

「失礼よ」

うしろから、女の子が口をはさみました。

「あたしはおんなのこよ。彼女はお皿」

ゆっくりと、頭のわるい子供に説明するみたいに辛抱《しんぼう》づよく言います。

「こんなに大きいのに」

お皿は苦々しそうに首をふりました。

「物の名前も知らないなんて」

自動車は、すぐに郵便局に着きました。それがどこからどう見ても郵便局であることは私にもわかりましたし、実際、私はそこで葉書を投函したわけなのですが、それは、でも、今朝通ってきたあの郵便局とは似ても似つきませんでした。狭い路地の先はいきどまりで、ひょろひょろした雑草と、床屋が一軒あるきりです。

「帰れないわ」

私はかなしくなりました。旅が素敵なのは、帰る場所と帰る方法があるからこそです。

「ちょっと待っててね」

私は女の子とお皿に言い、郵便局の中に入りました。窓口が四つある、なかなか広くて近代的な郵便局でした。制服を着た、親切そうな局員を一人つかまえると、私はここと違う郵便局の場所を尋ねました。ここから近い、でもべつな郵便局の場所を。

「なんだって？」

髪にだいぶ白いもののまざった、恰幅《かっぷく》のいいその局員は目をまるくしました。

「ここが郵便局だよ」

「ええ、それはわかってます」

でも、と言いかけた私を困惑顔で見て、局員は、

「やれやれ」

と言いました。

「ここ以外の郵便局だって？　そんな場所に行くのは郵便物だけだよ」

すこし離れた場所で、私のあとを追ってきたらしい女の子とお皿が、私と局員

とのやりとりを眺めています。

「全然だめだわ」

私が近づいていくと、女の子は両手を腰にあてて言いました。

「失礼なことは言いたくないけれど、あなたは物を知らなさすぎる」

「無知なのよ」

隣でお皿が足を踏みならし、女の子の言葉を一言に縮めました。はっきりと指摘され、私はまったく恥入りました。

「ここにあなたの家はないのに、あなたはいまここにいる」

私の気持ちを察したのか、口調をあかるく穏やかにして、女の子は続けます。

「結論は明白ね」

お皿を抱きあげ、先に立って自動車に戻ります。路肩に停めた、ぴかぴかの自動車。

「どういう結論になるの?」

うしろについて行きながら、私はおずおずと訊きました。女の子がこたえるより先に、お皿が深々とためいきをつきました。

「このひと、にぶいわ」

内緒話のつもりらしく、声がひそめられていましたが、あいにく私には聞こえてしまいました。

「つまりね」

自動車のドアをあけ、お皿をやさしくすわらせると、女の子は言いました。

「つまりあなたは旅人だってことよ。旅人っていうものはね、旅が終ればいやでも帰らなきゃならないの。そんなの、生まれたばかりのへびの赤ちゃんにだってわかることよ」

我意を得たりという顔で、お皿がしきりにうなずいています。

「それなのにあなたときたら、うろたえたりしてみっともないわ」

女の子は続けます。

「さあ、自動車に乗って」

低い建物ばかりの街ですから、頭上高くに輝くお日さまの光が、すみずみまでいきわたってあかるいこと、まぶしいこと。小さな女の子に「みっともない」などと言われて、私はひどくしょげました。

自動車は快調に走ります。

後部座席で、女の子は歌をうたい始めました。はじめはかすかに聞きとれるくらいの口ずさみかたでしたが、だんだん調子がでてきたらしく合唱部ふうにはっきりと力強い歌声になり、最後はお皿も加わって、手足も打ち鳴らしての熱唱になりました。それはこういう歌でした。

お客さまは選べない。ちょっと無知でも仕方ない。はいてる靴はわるくない。大きな口も、わるくない。ちょうどシーツも洗いたて。洗いたて、洗いたて。お客さまは選べない。ちょっとへんでも仕方ない。くしゃくしゃの髪はいいかんじ。ふっくら頬もいいかんじ。ノックにこたえて戸をあけよう。戸をあけよう、戸をあけよう。

うたい終ると、女の子は満足そうに息をつき、飴を一つ口に入れると、

「どうぞ」

と言って、私に袋をさしだすのでした。

こうして、私は女の子の家のお客になりました。女の子とお皿が口を揃《そろ》えて言うことには、「旅人っていうのは、反対側の立場から見ると、お客さま以外の何者でもないのよ。そんなの、生まれたばかりのへびの赤ちゃんにだってわかること」なのだそうです。私は椅子《いす》をすすめられ、彼女たちが昼食の仕度をするあいだ、「くつろいで」いることになりました。

部屋のなかは静かで、風がとおっていい気持ちです。

女の子がつめたいのみものを持ってきてくれました。私はのどが渇いていましたので、遠慮はせずそれをうけとりました。

「あなたはのまないの？」

尋ねると、女の子はびっくりしたように、

「あたしはまだ小さいのよ」

と、言います。

「でも、お客さまのおもてなしは心得ているの」

それは、素朴な味のする白ワインでした。旅で疲労した頭と体に、やさしくしみこんで溶けていきます。

「おいしいわ」

思わずうなるように言うと、女の子は笑って、

「よかった」

とこたえました。堂々とした女主人ぶりです。

しばらくすると、家じゅうにいい匂《にお》いが漂い始め、テーブルの準備が整いました。冷たいとり肉をはさんだサンドイッチと、たっぷりの湯気の立ったスープ、それに二種類の果物、という、完璧《かんぺき》な昼食です。私はすっかり感心してしまいました。

「こんなことを訊いていいかどうかわからないんだけど」

道に迷って意気消沈しているとはいえ、これでも新聞記者のはしくれです。好奇心をおさえきれずにそうきりだしてみました。

「どうぞ、何でも訊いてちょうだい」

女の子はあっさり言いました。

「あなた、どうしてひとりで暮らしているの？」

白ワインを片手に、完璧な昼食をいただきながら、私は女の子の身の上話をきくことになりました。


「はじめから、ひとりぼっちだったの」

女の子はそう話し始めました。ワインではなく、水のコップを手にしています。

「もちろん、おんなのこっていうものには、みんなパパとママがいるわ。まあ、たいていの場合ね」

彼女の口調は落ち着いていて、たのしそうでさえありました。

「でも、あたしはひとりだったの。この家のなかで、いまとおなじようにね。茫然《ぼうぜん》としたわ。どうしていいか、わからなかった」

「そうでしょうね」

私は相槌《あいづち》を打ちました。

「でもね、だからといって、いつまでも悲嘆に暮れているわけにはいかないでしょう？　そんなのはあたしらしくないふるまいだもの」

サンドイッチを咀嚼《そしやく》するあいだ、女の子はお行儀よく口をつぐみます。

「それでね、どうしていいかわからないときにはどうすればいいか、考えたわけなの。考えることは大事よ。考えれば、たいていのことはわかるんだから」

「わかったの？」

当然でしょ、という表情で、女の子はうなずきました。

「調べるのよ」

にっこりして、私が同意するのを待っているようでした。

「どうしていいかわからないときに、ほかにできることがある？　ともかくあたしは家のなかを注意深く調べた。そして、ここがあたしの家にまちがいないって確信したの。服も靴も、テーブルも椅子も、なにもかもあたしにぴったりだったんですもの」

私は部屋のなかを見まわしました。なにもかも、たしかに彼女にぴったりでした。

「そうね」

それで、そう言いました。

「おかわりはどう？」

空になったスープボウルに目ざとく気づき、彼女がすすめてくれました。

「ありがとう。いただくわ」

彼女は実際、料理上手でした。

「つぎにあたしがするべきことは、もう明々白々だった」

なみなみと注がれたスープをテーブルに置き、彼女は続けました。

「何をしたの？」

「庭にでて、両親のお墓をつくったのよ」

私はびっくりしましたが、彼女は平然としています。

「だって、考えてもごらんなさい。おんなのこっていうものは、よしんばみなしごだとしても、パパとママがいなくちゃ生まれないのよ」

女の子は言いました。

「つまりあたしにも、パパとママはいたはずなの。見たことはないけれど、かつてたしかにいたはずなのよ。

かつて存在して、いまは存在しないパパとママなら、どうしたってお墓がいるでしょう?」

私は、そのとおりだと認めざるを得ませんでした。女の子の話は続きます。ひきだしにお金がすこしあるのを発見し、街に買物に行ったこと。お金はそんなにたくさんではなかったので、庭に花と野菜をつくり、レモンの木も忘れずに植えたこと(「そうすれば、レモネードをつくって売れるでしょ。すてきなお小遣いになるのよ」)。さいわい縫い物が得意だったので、「針仕事します」というチラシをくばり、それが彼女の生活を、おおいに助けていること。

私は感銘をうけました。こんなふうに暮らしている女の子には、これまで会ったことがありません。

「さあ。今度はあなたのことを話して」

女の子が言い、果物ののったお皿に手をのばしたときのことです。私はちょっとした失敗をしました（それが失敗だったということは、いまでこそ明々白々なのですが、そのときの私にはわかりませんでした。彼女たちの言うとおり、すこしにぶかったのかもしれません）。

「まあ。こんなところにいたの？　ちっとも気がつかなかった」

果物の下敷きになっているのは、さっきの古びたお皿でした。

「どうしてじっとしているの？　あなたはお昼を食べないの？」

私にしてみれば、ほんの軽口のつもりでした。なにしろ、そのお皿はさっきまで自動車の運転などしていたのですし、やや高飛車な調子で物を言ったりしていましたから。

お皿は言葉もなく青ざめて、やがてかちゃかちゃ音をたて始めました。あんまり激しくふるえるもので、上にのっていたぶどうが数粒、テーブルにこぼれ落ちてしまいました。

「大変」

女の子が息をのんだのと、お皿が金切り声を上げたのと同時でした。

「あなた、あたしを何だと思ってるの」

憤慨のあまり大きく身ぶるいをして、お皿は立ちあがりました。ぶどうも、赤く熟れたすももも、ばらばらとテーブルに散らかりました。

「どうしてじっとしているのかですって？　あたしはお皿なのよ。侮辱にもほどがあるわ」

私はあっけにとられましたが、それからいそいであやまりました。立派なお皿なら、食事中にはじっとしていて当然だということに、やっと思い至ったのです。

「でもよかったわ、割れなくて」

とりなすように、女の子が言ってくれました。感情の起伏の激しい繊細なお皿は、興奮するとしばしば砕けてしまうのだそうです。私は心から反省しました。

「あなたの身の上話をきくのは夜にとっておくわ」

女の子は言い、私にお昼寝をするようすすめてくれました。

「いいのかしら、そんなにお世話になってしまって」

さすがに申し訳なく思って躊躇《ちゅうちょ》すると、女の子はくっきりと躊躇なく微笑《ほほえ》んで、

「お客さまっていうものは、もてなされるために来るのよ」

と、言うのでした。


昼寝から目覚めると、日ざしが傾き、部屋のなかを通る風も、すでに夕暮れの涼しさを含んでいました。私は、女の子とお皿が「客間」と呼ぶところの、小さな部屋に寝ていましたので、ひとりぼっちでした。窓から彼女の庭が見えます。昼寝のあと特有の、眠いような怠《だる》さが手足を重くしていました。ベッドに腰掛けて、これからどうしたらいいのか考えようとしました。夕方に、どことも知れない場所で、ひとりぼっちで目覚めるというのは孤独なものです。私は、恋人に会いたいと思いました。恋人さえいてくれれば、迷子だっていいのに――。

そのときそれが目に入ったのです。クリーム色の、クラシックでかわいらしい電話機！　線もちゃんとつながっています。

いままでどうして思いつかなかったのかしら。安堵《あんど》の微笑みと共に立ち上がり、ほとんど磁石ですい寄せられるように、私は電話に近づいて、たしかな手ざわりのするその受話器を持ち上げました。つうううう｜、という、回線のつながっているしるしの音が、こんなに嬉《うれ》しかったこともありません。諳《そらん》じている恋人の電話番号を、ややもするとふるえがちな指で私はいそいでダイアルしました。

「はい、薬局です」

呼出し音二回で、朗らかな女性の声が応答しました。番号をまちがえたのだ、と思った私はあわてて謝罪して電話を切り、もう一度、今度はゆっくりダイアルしました。

「はい、薬局です」

さっきとおなじ、朗らかな声がこたえました。三度目におなじことが起きたとき、その女性はもう朗らかではなくて、控え目に、でもきっぱりと、これはダイアルの回しまちがいではなくて、番号自体が――なにしろこれは薬局の番号なのだから――ちがっているのだと指摘しました。

私は自分のつとめている新聞社に電話しました。両親の住む家に、それから学生時代の友人――彼女には、本を何冊も借りっぱなしになっているのですが――にも電話しました。それらの番号は、それぞれ「映画館」と「金物屋」、それに「もぐらの家」――それが何であるにせよ――につながりました。

私は動転し、半ば恐慌をきたして、こわいものでも見るように、目の前の電話機を凝視するよりありませんでした。まるで、私の大切な知人たちが、というよりこれまでの私の人生そのものが、この世から消えてしまったみたいなのです。

窓の外では、緑の葉をたっぷりとつけた枝が、平和な風情《ふぜい》で風に揺れています。

ドアをたたく音がして、女の子が顔をだしました。

「入ってもいい？」

遠慮がちに尋ね、でも私の返事は待たずに入ってくると、茫然と立ちつくしている私の顔と、くしゃくしゃになったベッドとを、彼女は交互に眺めやりました。

「まあ」

あきれたような声音《こわね》と、両手を腰にあてる仕草とから、私には、彼女が私の行動を見透かしたこと、それを感心できないふるまいだと考えていることがわかりました。

「電話をかけようとしたのね」

そう言った彼女の口調は、けれどもちっとも咎《とが》めるようではありませんでした。

「かわいそうに」

むしろいたわるように言い、私の背中に小さな手をあてます。

「さっきも言ったけど、旅はいつか終るのよ。それはあしたかもしれないし、来年かもしれない。現実をありのままにうけいれるの。そして元気をださなくちゃいけないわ」

ちょうど夕方だし、と、女の子は続けました。私に背を向けて窓辺に立ち、その夕方を閉めだすみたいに窓を閉めます。

「元気をだすためにも、海辺におでかけしてみる?」

「海があるの?」

尋ねると、彼女はふり返り、

「そりゃあ、あるにきまってるでしょう？」

と、一語ずつあからさまに丁寧に発音して、私に自分の無知ぶりを思いださせました。

「海だって山だって、遊園地だって映画館だってあるわ。そりゃあすこし遠いけど、電車に乗ればどこにだって行かれるのよ」

映画館があることは知っている、なぜならそこに電話をかけたから、と言おうとして、私は口をつぐみました。

「電車？　じゃあ駅があるの？」

女の子はいかにも大仰《おおぎょう》に、天をあおぐ真似《まね》をしました。

「あたりまえでしょう？」

女の子がカーテンをひいたので、部屋はたちまち薄暗くなりましたが、私の胸にはろうそくの炎みたいに希望が灯《とも》りました。もちろん、駅さえあれば、そこからどこにでも行かれるわけです。どこにでも行かれるし、どこにでも帰れる。

「どう？　行くの、行かないの？」

「行くわ」

私は熱心にうなずきました。

「すてきな肘掛《ひじか》け椅子ね」

仕度をしてくる、と言って自室にこもった女の子を待つあいだ、私は所在なく居間をうろうろし、お皿がちょこなんと腰掛けている、古風な布ばりの椅子をほめたりしていました。

「ありがとう」

礼儀正しく——でもちょっととりすまして——お皿は言い、

「持参金がわりなの」

と、説明しました。まだカーテンのひかれていない居間は、斜めになった金色の日ざしが、お皿と椅子の両方を半分だけあかるくし、残りの半分を影のなかに沈めています。

「持参金？」

訊き返しながら私はお皿の横顔を、疲れていて孤独そうだと思いました。

「察しはついてると思うけど」

お皿はつぶやくように言いました。私には何の察しもついていませんでしたが、口をつぐんでいるべきだという察しはつきました。

「私は由緒あるお邸の出なの」

こうして、お皿の話を聞くことになったのでした。

「最初はもちろん職人の手でつくられたわ。小さな窯《かま》で焼かれて、細心の注意を払って絵つけをされた。でも、そのあたりの記憶は朧《おぼろ》げなの。なにしろ大昔のことだから。

はっきり憶えているのは薄紙の感触。箱の中の暗さと、馬車の震動。お邸に運ばれる途中だったの。

そのときにはたくさんの仲間がいたわ。おなじ模様の平皿たち、深皿たち」

お皿は、そこでいったん言葉を切りました。遠いことを思いだしているように、うっとりと目を閉じます。

「にぎやかだった。お邸には子供が二人いて、犬も二匹、猫は三匹もいた。使用人の数はそれよりも多かった。メイドが三人、コックが一人、庭師とか、家庭教師とか。彼らはほら、途中で辞めたり別な人が来たりするでしょう？　だから正確な人数はわからないの。

台所はあたたかくて、いつもいい匂いがしていた。私たちは朝も昼も夜もテーブルにならんだわ。そりゃあ、特別なお客さまのみえるときは別だけど、そういうときはほかのお皿——縁がピンク色の、外国生まれのお皿たちよ——の出番だった」

くくく、と、愉《たの》しそうにお皿は笑いました。

「おかげで私はたっぷりお客さまを観察できた。食器戸棚をぬけだして、よくこっそりのぞきに行ったものよ。

おなじ模様のお皿たちのなかでも、私くらい勇敢にそれをやってのける者はいなかった。ぬけだすとき、堅い扉にでもぶつかれば割れてしまうし、運悪く犬にでもでくわそうものならあなた、ミルクも入っていないのに、顔じゅう舐《な》めまわされるのがおちですからね」

犬の舌の感触でも思いだしたのか、お皿は身ぶるいをしました。

「いろんなことがあった」

半分影を浴びたまま、お皿は続けます。私に話しているというよりも、ひとりごとに近い感じです。深みのある声に、私は耳を傾けました。

「まず犬が死んだ。子供たちが結婚し、赤ん坊が生まれた。私の仲間たちは次々にいなくなった。割れたり、縁が欠けたりしてね。私は持ちこたえた。ヒビだらけになっても、なんとか割れずに持ちこたえたのよ。

ところが御主人さまが亡くなって――御主人さまって先々代の御主人さまのことだけど――、お邸は変わってしまった。新しい犬、新しいメイド、新しいお皿たち。私は戸棚の奥におしやられたまま、まるで使っていただけなくなった」

沈黙ができました。お皿は大きくためいきをつき、例の深みのある声をふるわせて、

「七十年よ」

と、言いました。

「七十年も、私はそこでただ待っていた。もう、若いころのように危険をおかして戸棚からでるわけにはいかなかった。恐かったし、それは滑稽《こっけい》なふるまいであるようにも思えた。

七十年、ただ待っっていうのがどういうものだかわかる?」

「正直なところ、わからないわ」

私はこたえましたが、お皿は聞いていませんでした。片手で西日をまぶしそうに遮り、肘掛け椅子の上で身体の向きを変えます。

「私は思い出にしばられるつもりはなかった」

そう言ったお皿の声音には、威厳さえも感じられました。

「私たちをほんとうにしばるのは、苦痛や災難や戸棚ではないのよ。幸福な思い出なの。それに気づいたとき、私はとびだす決心をした。

やってみれば簡単なことだった」

お皿はにっこりしました。

「戸棚をでて、お邸を捨てるだけでよかった。御主人さまの自動車を借りて、まぶしい外の世界にむけて、思いきり走りだしたわ。何が待っているのか、誰と出会えるのか、皆目見当がつかなかった。そこに彼女がとおりかかったのよ。私には、すぐに運命だとわかった。もちろん彼女は私を欲しがったわ。まあ、はっきりそう言ったわけじゃないけれど」

「そうでしょうね」

私は相槌を打ちました。

「私はここに来ることを了承した」

おもおもしく言って、お皿は自分でうなずいています。長い物語を語り終え、疲労しているようでした。

「あとになって」

それでも力をふり絞って、お皿は続けました。

「あとになって、彼女とお邸に行った。暇乞《いとまご》いってやつね。自動車も返さなきゃならないと思ったし。

事情を説明すると、お邸の御主人さま――私はほとんど面識がなかったんだけど――は彼の所有物だったお皿たる私の冒険談にすっかり感心してしまって、自動車は返さずともよいって、こうなの。おまけに、先々代の御主人さまの愛用していたこの肘掛け椅子を、よかったらぜひ持って行きなさいって――よくよく気前のいいかたなのね――おっしゃって」

お皿はそこでふいに言葉を切りました。続きを待ちましたが、もう何も言いません。

「つまり」

たった一人の聴衆として、何か言うべきだと思われましたので、私はおずおずと口をひらきました。

「つまり、あなたは自分で自分の人生を切り拓《ひら》いたのね」

返事はなく、古めかしく美しいその肘掛け椅子の上からは、規則正しいお皿の寝息がきこえてくるだけでした。

「まあ、寝ちゃったのね」

ようやく仕度を終え(女の子というものは仕度に時間がかかるものだということを、このとき私は思いだしたのでしたが)、居間にでてきた女の子は言いました。てきぱきと火の元をたしかめ、お皿にタオルケットをかけてやります。

「半生を語ってもらってたの」

私は小声で説明しました。お皿の寝顔には、どうしたって微笑みを誘われます。

「でかけましょ」

女の子に促されるまで、私はその場を動けませんでした。

夕方とはいえ、まだまだ青い空です。おもてにでると、女の子は早速サングラスをかけました。

「黄昏《たそがれ》の日ざしっていうやつが、いちばんまぶしいのよね」

駅まではすこし遠いけれど大丈夫か、と、女の子に訊かれました。彼女の家から駅までは、「ひたすらまっすぐまっすぐ」歩くのだそうです。私たちはそうしました。道の両側は空き地が多く、ところどころに家や商店——いつも牛乳を届けてくれる牛乳屋さん、とか、たいていのものは揃っている雑貨屋さん、とか、その都度女の子は説明してくれます――もありますが、全体として長閑《のどか》です。甘く乾いた草の匂いをすいこみながら、私たちはならんで、ただまっすぐ歩きました。

向うから人がやってくると、女の子は立ちどまり、会釈《えしゃく》をしたり、こんにちはと言ったりします。

「きょうも暑い一日でしたけど、夕方になってようやくしのぎやすくなりましたね」

などと、いっぱしの世間話をしたりもしました。そして、そのたびに必ず、

「この人はうちのお客さまなの」

と、誇らしげに私を紹介してくれましたので、私の方でもなんとなく誇らしく、相手に挨拶《あいさつ》をして、胸をはりました。埃《ほこり》っぽい道の途中で。

「あれが駅よ」

女の子が言ったとき、私たちは四辻《よつつじ》に立っていました。右側に駅舎があり、そ

の前は小さな広場になっています。コーヒーショップから、ハンバーガーの匂いが漂ってきます。街路樹、看板、バスの停留所。どう見ても立派な街角です。ただし、駅にさえ着けばうちに帰れるだろうという、私のあさはかな想像はすぐに覆《くつがえ》されました。その鉄道は完全に独立した路線で、どこにも乗り換え駅のないことがわかったのです。

終点は、海でした。女の子から聞いていたとおり、いろいろな場所に行かれます。「動物園」という駅もあれば、「野球場」という駅もあります。「墓地」という駅もあれば、「酒場」という駅もあるのです（ちなみに私たちのいる駅の名前は、「広場」でした）。そういったことをみんな、私は駅員から聞きだしたわけです。

海までの切符を二枚買い終えた女の子は、私が駅員をつかまえて押し問答しているのを見て、両手を腰にあててました。

「今度は何だっていうの？」

女の子を見ると、駅員はあからさまにほっとした顔をしました。まるで、私の言うことがさっぱりわからなくて手を焼いていた、とでも言いたげです。

「私はただ――」

孤立無援の立場に置かれ、しどろもどろになりながら、彼女に説明しようとしました。

「私はただ、長距離列車はないのかしらって思っただけなの。あるいは、長距離列車に乗り換えるための駅とか」

女の子は冷静でした。眉《まゆ》一つ動かさず、

「この列車は長距離よ。海まで行くんだもの」

と、言いました。

「もちろん、動物園で降りる人にとっては長距離とは言えないけれど、でもそれは乗る人の側の問題でしょう?」

「私もいまそう申し上げていたところなんです」

帽子をかぶり、紙バサミを抱えた若い駅員が、横から口をはさみます。駅舎は天井が高く、大時計などあって、堂々たる佇《たたず》まいです。

「ええ。でも、これじゃあよその街には行かれないじゃないの」

私の声は、自分の耳にさえ弱気な感じに響きました。

「行かれるわ」

それにひきかえ、女の子の声はきっぱりして自信に満ちています。

「となり街っていう駅があるもの」

駅員が何度もうなずきました。

「じゃあ、そのまたとなり街に行くにはどうすればいいの？」

私が訊くと、女の子は笑いだしました。

「となり街のとなり街っていえば、この街に決まってるじゃないの」

お手上げでした。帰路は閉ざされているのです。いま思えば、私がほんとうに観念したのはこの瞬間でした。奇妙なことに、苛立ちも不安もありませんでした。

ただ、随分遠い場所にきてしまったなと感じただけでした。

「ああ可笑《おか》しかった」

ひとしきり笑ったあと、晴れ晴れした顔で女の子は言いました。

「お客さまとおでかけするのって、おもしろいわ」

列車には、思ったほどながくは乗りませんでした。ものの三十分で終点に着きます。

「小さい街なのね」

窓の外、すみれ色に暮れ始めた夏の空を見ながら、私は感想を述べました。列車は古く、座面がでこぼこしている上に、揺れました。

「ええ、そうね。小さいのかもしれない」

つぶやいた女の子の横顔は、ふいにはかなげに、大人びて見えました。

「海にだって」

女の子は言いました。

「ほんとうは歩いて行ったほうが近いの」

「何ですって？」

列車はトンネルに入ります。

「だって、鉄道は街をぐるっとまわってるんだもの。始発駅と終着駅は、すぐそ

ばに決まっているでしょう？」

女の子の説明に、私はあ然としました。

「じゃあどうして列車に乗ったの？」

トンネル内で徐々に減速していた列車は、けたたましいブレーキ音と共に、一揺れしてホームにすべり込んだようです。

「わかってないのね。そのほうが気分がでるでしょう？　遠くにおでかけするっていう気分が」

女の子は心底憤慨した様子でした。

「あれを取って」

と言って、網棚にのせた手提げを指さしました。こういうときだけ小さい女の子ぶるのです。

改札を抜け、私たちはとっぷりと日の暮れた、海辺の道にでました。道はゆるやかにカーヴして、砂浜まで続いています。夏の夕闇《ゆうやみ》はやさしくひんやりとしていて、肌まで青く染まりそうでした。

「いい気持ち！」

思わず感嘆の声をあげた私を見て、女の子は満足そうに微笑みました。手提げからカーディガンをだして羽織ると、

「きて」

と短く言って、先に立って歩きだします。小さくても勇敢なうしろ姿です。風が、彼女の髪を舞い上がらせます。

砂浜まで来ると、女の子は履いていたサンダルをぬぎ、手提げのなかにしまいました。私は頑丈な靴を履いていましたから、そのままついて行こうとしたのですが、ふり向いた彼女にとがめられ、靴も靴下もぬぎました。

はだしになると、白砂が思いのほかつめたいことがわかりました。たっぷりとしたそれは、私の体重を受けてつぷつぷと沈み、そのぶんだけ私の足のうらのしわや、指のあいだに、砂々した乾いた感触で持ち上がってきます。

「すてきだわ」

海にくるのはひさしぶりのことでした。私はうっとりと言い、潮の匂いをすい

こみました。あまりにも静かなので、波の音が大きくて恐いほどでした。

私たちは足首まで波に洗わせて水の感触をたのしんだあと、波打ち際を歩きました。水も空も陸もおなじ群青《ぐんじょう》色なので、立ち上がって寄せる波頭の白さだけが、砕けて泡立つ音と共に目と耳に残ります。

「あれは灯台。あっちのあれは桟橋。昼間腹這《はらば》いに寝そべると、おなかがあたたかくてすてきよ」

女の子が周囲を指さして説明してくれました。

「それから向うに見えるのは小屋。誰が住んでるのか知らないけれど、ずっと昔からあるの」

もちろん、灯台とか桟橋とか小屋とかいうものはそれなりの外見をしていますから、私にも一目でそれとわかりました。でも、このころには、いくら「鈍い」私でも、「お客さま」としての礼儀が大切であると、理解していました。

「みて。月よ！」

ほかに説明すべきことがなくなると、女の子はしまいに天を指さすのでした。

「あなたの物語を、まだ聞かせてもらっていなかったわね」

歩きながら女の子が言いましたので、私は私の生いたちを、簡単に語りました。生まれた場所や、家族のこと、卒業した大学や、就職した新聞社、それにもちろんつきあい始めたばかりの恋人のことも。

「お皿なら」

私が話し終えるのを待って、女の子は慎重に口をひらきました。

「お皿なら、平凡な人生だって言うに違いないけれど、あたしはなかなか興味深い人生だと思うわ。とくに、新聞記者っていうところが」

この街にも新聞があるの、と、女の子は続けました。

「あした見せてあげるわね」

随分ながく歩いたようでした。空気はもう群青色ではなく、濡《ぬ》れたように黒々した闇です。さっきは遠くに見えていた小屋が、いまはすぐそこに見えます。私たちは乾いた砂に腰をおろしました。女の子が手提げからハモニカをとりだします。

「海にくるなら、どうしたって楽器が必要でしょう？」

にっこりして、さも当然のようにそう言いました。

「あなたの分もあるのよ」

ハモニカは二つとも銀色で、鍵盤《けんばん》が濃い小豆《あずき》色でした。私は彼女の準備のよさに感心しました。仕度に時間がかかるわけです。

「ありがとう」

さしだされたハモニカをうけとりはしましたが、すぐに私は、ハモニカで吹ける曲の持ちあわせがないことに思い至りました。

女の子は気にしませんでした。

「あたしだって曲なんか吹けないわ。でも、それがなんだっていうの？　あたしたちは音楽家じゃないのよ」

語気強く言い、小さな指で鍵盤を指さすと、

「この四角いとこをね、一つずつ、吹いたり吸ったりすればいいの。強くよ。うんと強く」

と、主張します。

「いいわ」

私はこたえ、そのとおりにやってみました。はじめは遠慮がちに、「もっとよ。もっと強く」と、横から女の子に言われるままに、次第に不遠慮に。

やがて彼女もおなじことを始めました。吹いて、吸って、吹いて、吸って――。それは実際騒音でした。ぶかぶか、ぶおぶお、ばうばう、びやびや、吹いて、吸って、吹いて、吸って――。二つのハモニカから流れる音が、ときどき不思議に交差します。私たちはどんどん調子に乗って、力いっぱいやりました。やればやるほど愉快な気持ちになっていきます。ぶかぶか、ぶおぶお、ばうばう、ぶばぶば。両足はつっぱって上下し、胸もおなかも、ふくらんだりへこんだりしています。吹いて、吸って、吹いて、吸って。

とうとうこらえきれなくなって、私たちは二人とも、笑いだしてしまいました。息がきれぎれで、苦しげな大笑いではありましたけれども、仰向《あおむ》けに倒れても砂が抱きとめてくれました。

「おも、しろい」

肺に空気をいきわたらせようとあえぎながら、女の子は言いました。

「ひと、りで、やるとき、より、ずーっと、おもし、ろいわ」

その声にこめられた満足の響きが、大の字に横になった私の心身に、喜びとなってしみわたりました。空には幾つかの星が、白く大きくまたたいています。


たっぷり笑ったあと、私たちは列車には乗らず、歩いて帰ることにしました。すっかりおなかがすいていましたから、旅情よりも能率を優先させたわけです。立ち上がり、全身についた砂を払い落としていると、ばたん、と、音がしました。見ると、小屋の戸があいていましたが、小屋にはあかりもついておらず、誰の姿も見えません。私たちは顔を見合わせました。ざばり、ざばりと、波の音がしています。

「聞こえた?」

眉根を寄せ、真剣な顔で女の子は言いました。耳をすますと、波音のすきまに、

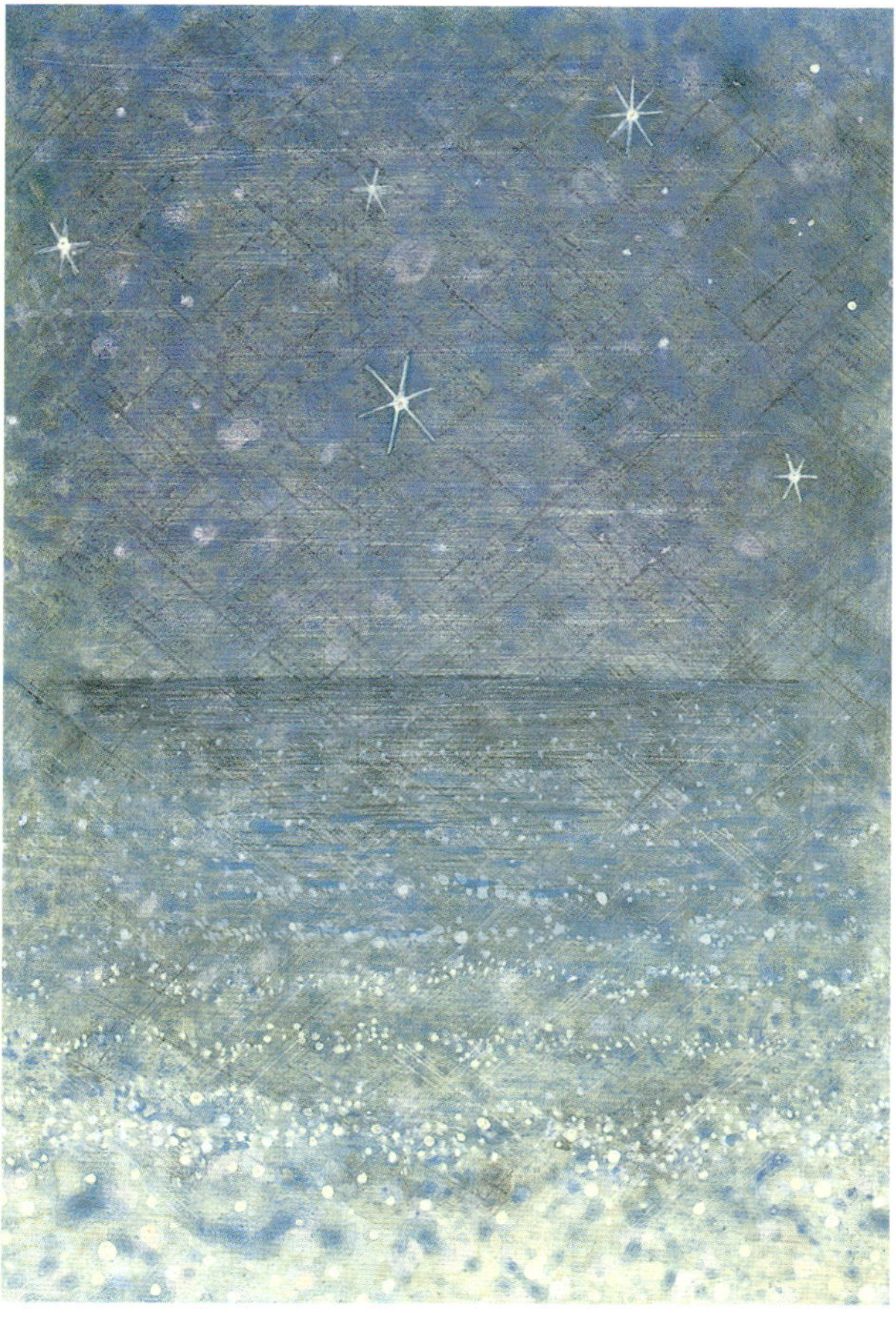

たしかに何か聞こえます。

「ちょっときてー、ちょっときてー」

消え入りそうにか細い女性の声です。

「ちょっときてー、ちょっときてー」

声は、ふるえながらおなじ言葉ばかりくり返します。私はすっかり怖気《おじけ》づき、たちまち体温まで下がりました。大笑いした陽気さは、いまや跡形もありません。女の子も表情をこわばらせていましたが、私よりずっと毅然《きぜん》としていました。

「用事があるなら、そちらから来て下さらなきゃあ」

はっきりした大きな声で、そう言ったからです。すると、か細い返事がとどきました。

「まっててー、まっててー」

海も空も小屋もまっ暗です。私たちは息をつめ、目をこらして待ちましたが、何も起こりません。

「まっててー、まっててー」

ときどき、思いだしたようにか細い声がとどくだけです。風が、足元の砂をまき上げて吹きすぎていきました。

そのときです。小屋の戸口あたりから、黒々として巨大なもの——私の目には、広げた新聞紙のように映りました——が舞いあがり、ふわふわと頼りなく宙をとんで、風が止むと同時にはたりと落下しました。

私はもうすこしで悲鳴をあげそうでした。

「いまのは何?」

コウモリにしては巨大すぎますし、四角すぎます。いずれにしても、また風が吹き、その物体は力なく舞いあがり、舞い落ちました。私たちのいる場所から、どんどん遠ざかっていきます。

「まっててー、まっててー」

それに伴って声も遠くなりましたので、これですくなくとも声と姿は一致したわけです。

「もうまてないわ。正体をたしかめなくちゃ」

女の子が言い、歩き始めました。私はあわてて止めようとしました。誰もいない夜の海です。危険なものかもしれないではないですか。波の音も、心なしか吠《ほ》え声みたいに狂暴で悲しげです。

「あたしはあとへはひかないの」

きっぱりと言い残し、躊躇のない足どりで、砂浜を歩き進みます。私はこわごわ従いました。

それは一枚の風呂敷《ふろしき》でした。身体のあちこちを濡らし、波打ち際にべったりとはりついています。

「もちあげてー、もちあげてー」

弱々しいながらもかん高い声でした。女の子は風呂敷を拾いあげ、洗濯物を干すときの要領で、風に向けて広げました。ぱたぱたと、月あかりの下、気持ちよさげに風呂敷はたなびきます。

「あなた、あたしたちに一体何の用?」

女の子が尋ねると、おどろいたことに、風呂敷はいきなりすすり泣き始めまし

た。

「音よー、あの音よー。すばらしかったわー。生き返ったー。聞こえたのよー。あの音よー」

はためいたまま、感極まって身をよじります。そんな状態でしたから、風呂敷から話を聞きだすのは一苦労でした。

本人も思いだせないほど昔、風呂敷は夫の風呂敷と共に新居を探していて、あの小屋をみつけました。うまいぐあいに朽ちかけのあばら小屋でしたから、日ざしも風も月あかりも、たっぷりとどきます。夫妻はそこが、すっかり気に入りました。たまたまボート小屋でしたので、中にはボートやらロープやら工具やら、食べかけのソーセージやらが転がっていて、若かった夫妻には、それもまたおもしろく思われたといいます。

そのころには当然、風に乗ってどこにでも行かれました。小屋にいるときも、二枚仲よく重なったり、無鉄砲にもごつごつしたロープの上で身体を結びあったりしたそうです。

年月がたち、夫妻はうまく風に乗れなくなりました。うっかりおもてにでて飛ばされでもしたら、どこに連れて行かれるかわかりません。夫妻は小屋に閉じこもって暮らすようになりました。日がな一日、そこにあるものをただ包んだりほどいたり、包んだきりじっとしていたり、しているそうです。訪ねてくる人もなく、聞こえてくるのは波の音ばかり。耳も遠くなり、おまけにお互いすっかり無口になってしまって、いまでは「自分の包んでいるものがねずみなのか本なのかさえ打ちあけない」ありさまなのだそうです。夫妻は孤独でした。「風呂敷というのは時と共にぼろきれになるのは避けられないけれども、燃やされでもしない限り永遠に死ねない」ものですから、夫妻は孤独なばかりじゃなく、果てしなく退屈してもいました。

そこにハモニカが聞こえてきたわけです。小屋の板壁がふるえるほどの合奏に、夫妻は「度肝《どぎも》を抜かれ」たといいます。やがてくすくす笑い始めました。夫の風呂敷は、もう何年ものあいだ、何かを包んだきりびくとも動かなかったのに、その結び目がほどけるほど笑ったといいます。ほんとうにひさしぶりのことでした。

それで風呂敷は決心し、危険を承知で外にでて、私たちに、ぜひまた来てハモニカの音色を聞かせてほしい、と頼みにきたというわけでした。

「おやすいご用よ」

話を聞き終ると、女の子はとてもやさしく言いました。

「今度はトライアングルも持ってくることにするわ」

風呂敷は嬉しさと安堵のためにまた泣きましたので、女の子と私の二人がかりで、しぼってやらなくてはなりませんでした。

私たちは風呂敷を小屋に送りとどけ、お皿へのおみやげにきれいな貝を幾つか拾って、帰りました。女の子の家の近くまでくると――ええ、原っぱと牛乳屋さんのあるあたりです――、私は自分が、旅人の気持ちではなく「帰ってきた」気持ちであることに気づきました。

「泣き虫で年をとった風呂敷に会えて、おもしろかったわね」

隣で、女の子がさも満足そうに、深く息を吐いて言いました。

家に帰ると、お皿は大変不機嫌でした。目が覚めると一人ぼっちだったので、疎外されたように感じたのかもしれません。この家の闖入者《ちんにゅうしゃ》として、私はすこし気が咎《とが》めました。

「随分遅かったのね」

お皿はずけずけと言いました。

「もう、外はまっ暗じゃないの」

女の子は気にしませんでした。

「そうね。きょうはもう随分遅くなったから、ウエハースとミルクの夜ごはんにして、眠ったほうがいいみたいね」

と、言います。私は部屋のなかを見まわし、すべてが標準よりやや小ぶりにできている家具とか、清潔であたたかみのあるカーテンと敷物とか、由緒あるお邸からきた肘掛け椅子とかに、またしても「帰ってきた」ような気持ち、なつかしさといっていいような、安心感をおぼえました。

これは奇妙なことと言わなくてはなりません。なんといっても、私は迷子になっていたのですから。

ウエハースとミルクの夜ごはんのあと、女の子は私に、お風呂に入るようにすすめてくれました。

「旅人には、お風呂がいちばんのご馳走《ちそう》なんでしょう?」

そんなふうに言いながら、タオルやら石けんやら準備してくれます。潮風にあたったあとですから、湯気と共にバスタブに落ちる熱いお湯は、うっとりするほど魅力的でした。

「あなたも旅にでたことがあるの?」

いきとどいたもてなしに感謝しながら尋ねると、女の子は、

「ないわ」

と、即答し、わかってないのねとばかりに眉を持ち上げてみせました。

「あたしはまだ小さいおんなのこなのよ」

さらに、ひとりごとのようにぶつぶつと、

「小さいおんなのこっていうものはね、たいていのことはよく知っているものな

のよ。でもやったことはないの。当然でしょう？」

と続けます。私は、そのとおりだと認めざるを得ませんでした。

「ほかに何かほしいものはある？」

準備を終え、女の子は訊きました。私が何もないとこたえると、にっこりして、

「じゃあ、おやすみなさい。あしたは帰り道がみつかるといいわね」

と言って、お部屋にひきあげていきました。

そのころにはお皿の不機嫌もおさまっていて、暗い居間のテーブルで、きれいな貝殻をのせ、満足そうに眠っていました。

翌日はくもり空でした。

女の子は朝から忙しそうに立ち働いていて、朝食のあと、私に新聞（彼女はかならず約束を守るのです）を手渡すと、

「くつろいでいて」

と言い残し、再び台所に消えました。貝殻をのせたままのお皿が言うには、「お

客さまがきたのだから、お菓子を焼いているにきまっている」ようでした。

しずかな朝です。私は新聞をひろげ、コーヒーをのみながら、我ながらおどろいたことに心からくつろいでいました。なにもかもがあるべき場所に、あるべき姿でちゃんとある。その朝のその部屋は、まさにそんな感じでした。まだもうすこしここにいたい。私の一部は、そんなふうに考え始めていました。

「過去の思い出について考えたことはある?」

お菓子をオーブンに入れてしまうと、女の子はやってきて、いきなりそう言いました。髪の毛にもレースのエプロンにも、粉がすこしついたままです。

「過去の思い出?」

へんな言い方だと思いましたので、私は訊き返しました。

「思い出っていうものは、みんな過去のことでしょう?」

それを聞くと、女の子は非常にあきれたようでした。

「そんなばかな話があるもんですか」

語気つよく言いました。

「あなたは新聞記者なのに、常識ってものがないのね」

小さな女の子にそんなことを言われれば、どうしたって恥入ります。

「ごめんなさい」

あやまったのは、でも女の子のほうでした。

「あたし、思ったことをすぐ口にだしてしまうわるい癖があるの」

「そのとおり！」

お皿が口をはさみます。

「ちゃんと説明するわね」

そう言って、女の子は話し始めました。

「あたしはほら、見てのとおり小さなおんなのこでしょう？　そもそもの最初から小さなおんなのこだったわけなの」

私はうなずいて、先を促しました。

「もちろん、あたしにも思い出はたくさんあるわ。お皿と出会った日の思い出とか、あなたと海に行った思い出とか。でもね、それは全部、いまの思い出でしょう？」

彼女の口調は淡々としていて、その表情からは、何の感情も読みとれませんでした。

「あたし、ときどき考えるの」

一転して、あかるい口調になって彼女は続けました。

「過去の思い出があったら、どんなにすてきだろうって」

私はそれについて考えてみました。

「つまりね」

女の子はかまわず目をとじて言います。

「つまり、過去の思い出っていうのは、なくなってしまったものの思い出なの。お皿にとっての、あの古いお邸の思い出みたいにね。だって、彼女はそこでの幸福な生活をなくして、それはほんとうにつらいことだったと思うけど、かわりに思い出を手に入れたんだもの」

感情が昂《たかぶ》ったらしく、お皿はかちゃかちゃふるえました。

台所から、お菓子の焼ける甘い匂いがただよってきます。おもてでは、いつのまにか雨がふりだしていました。音もなく、きりもなく、窓の外を濡らしています。

私たちは一緒に新聞のクロスワードパズルをとき、お菓子をたべてお茶をのみました。傘をさして庭にでて、ミミズの観察もしました（雨の日は、ミミズがつやつやしていて活発に動きまわる上、しんから嬉しそうな顔になっているのでぜひ見るべきだ、と、彼女が主張したからです）。

夕方になっても雨はやまず、女の子は縫い物をしながら私を見て、家に帰れずにお気の毒、とでもいった表情を浮かべていました。

「退屈だったら本を読んだらどう？　あたし、五冊くらい持っているわよ」

親切に、そう提案してもくれました。けれども実際、ひっそりと薄暗い部屋のなかで、壁やテーブルやその上のお皿や、女の子の手の動きや、それにつれて揺れ動く布の模様を眺めながら、私には、自分がずっと昔から、ここに住んでいたみたいにしか思えませんでした。退屈でも淋《さび》しくもなく、ごく平穏な、自宅です

ごす雨の日にふさわしい、心持ちだったのです。

「夜ごはんは何かしら」

つい、そんなことを言ってしまうほどでした。女の子とお皿は目くばせを交わし、女の子が、

「スープよ」

とこたえ、同時にお皿が小さな声で、

「やっとお客さまらしくなってきた」

と言いました。


その晩も、私はそこに泊りました。友人の家か、親戚《しんせき》の家にでも泊っているみたいな気持ちでした。恋人や両親が心配しているかもしれない、とか、会社に連絡もしていない、とか、当然感じてしかるべき不安を、上手《うま》く感じられないことが奇妙でした。感じてみようとはしてみたのですが、それらはみんな、嘘《うそ》の出来事、まるで現実味のない架空の人たちのこと、のように思えるのでした。

バターをつけて焼いたパン、半熟玉子、紅茶、新聞。翌朝も、まるで生まれながらの家族みたいな自然さで、女の子は私の前に朝の道具をならべます。

「きょうはいいお天気よ。空気はもうぴっかぴか」

歌うように言い、「とうぶんのあいだ、食べものは拒否」して貝殻をのせている、お皿と手を打ちあわせましたので、テーブルの上のお皿の上で、貝殻がかちゃかちゃ音をたてました。ほんとうに、部屋のなかにいてさえまぶしいほどの、夏の朝です。ゆうべからひき続き、私はすっかりくつろいでいました。新聞をひろげて、

「川で男の子が溺《おぼ》れかけたって書いてあるわ」

と、たいした考えもなく口にだしました。すると女の子は息をのみ、なにかよくないことを考え込むような、剣呑《けんのん》な顔つきになりました。小さな女の子をこわがらせるつもりではありませんでしたから、私はあわてて、記事の続きを指さしました。

「大丈夫よ。すぐに救助されたそうだから」

私の言葉に、女の子はほとんど注意を払いませんでした。両手を腰にあて、でっぷり太った中年の夫人みたいな仕草で苦々しく首をふると、

「まったく、おとこのこっていうものは」

と、つぶやきました。

「きのうみたいな雨の日に、川に近づくなんて分別がないにもほどがあるわね」

「大丈夫よ。ちゃんと救助されたの。そう書いてあるわ」

私はおなじことをもう一度くり返しました。

「そんなのわかりきってるわ。だって、救助されなかったら死んじゃうじゃないの」

女の子は言いました。

「おとこのこっていうものはね、しょっちゅう厄介なことをやらかすものだけれど、死んだりはしないものなのよ」

私は、そのとおりだと思いました。

朝食がすむと、彼女はてきぱきとあと片づけをし、それがすむと、さあ川を見

に行こう、と言いだしました。分別と好奇心を両方備えた女の子なら、断然きょうこそ川を見に行くべきなのだと言うのです。川は水かさが増し、まんまんと、どうどうと、流れているにちがいありません。お皿も即座に賛成し、

「私は土手の、やわらかく甘い草の上で、日光浴をたのしむわ」

うっとりと目をとじて言いました。

「もちろん貝殻をのせたままね」

川は、自動車で十五分ほどの場所を流れているそうでした。

「ボールがいるわね」

女の子は言いました。

「それに日傘と、双眼鏡も」

遊びに行く、という気持ちがむくむくとわいてきて、私も嬉しくなりました。なにしろ、おもてはぴかぴかの上天気なのです。

「水筒と、シャベルと」

女の子のリストは続きます。

「飴と、虫さされの薬」

　私たちははりきって仕度をしました。へやべやと台所、それにお風呂場まで往き来して、まんまんと水をたたえた川――水面を風が渡って草を揺らし、日ざしがふりそそいでいることでしょう――を心に思い描きながら。

　玄関をでると、すでに暑さは耐えがたいほどでした。空気がゆらゆらして、日陰というものがまるでないように見えます。垣根の向うにとめてある自動車に、お皿が乗り込むのが見えました。暑くて、空気がゆらゆらして、うまく歩くことができません。一体何？　私は胸の内で悲鳴をあげました。めまいがするし、耳鳴りもします。すぐ目の前に女の子がいて、ミミズに何か話しかけているのですが、私には、その声は聞こえませんでした。かわりに街の喧噪《けんそう》――自動車の行き交う音、ざわざわした声のようなもの――が、遠くかすかに聞こえます。

　女の子がふり向いて、じれったそうに、私に何か言いました。小さな、気の強そうな顔つきの女の子です。持っている手提げから、シャベルの柄がつきだしています。

目の前なのに、ちゃんと見えているのに、近づくことができない。そう思った瞬間、誰かが私の肘《ひじ》をつかんで支えました。

「大丈夫ですか」

男の人の声でした。

「ええ。ごめんなさい。あんまり暑くて」

女の子が残念そうに首をふり、私を置いて、緑色の自動車に乗り込むのが見えました。門のすぐ外、ギンモクセイの茂みの向う――。

「目をとじて、深呼吸するといいですよ」

声に導かれるままに、私はゆっくりそれをしました。自動車の行き交う音、ざわめき、排気ガスの匂い、人々、土ではなくコンクリートの、靴底を支える堅牢《けんろう》な感触。

「大丈夫ですか」

男の人がもう一度言い、私は見覚えのある広場に立っていました。高級ホテルと、パン屋さんのある広場です。そこからのびた路地に、果物屋さんがあり本屋さんがあり、さらに先に行けば私の泊っているホテルがあることを、私は知っていました。

「ええ、大丈夫です」

うしろには、郵便局があるはずでした。教会があり、麦畑があり、庭先にヤギのいる家が、あるはずです。

私がお礼を言うと、男の人はにっこりして、歩いて行きました。

ホテルに戻り、預けてあった荷物を受けとって、私は旅を終えました。体は何ともありません。めまいもなく、日射病でもないようです。茫然としていることを除けば。

念のために、私はフロントにいた接客係に日にちを尋ねました。きわめて丁寧に発音されたその日にちは、私がホテルをチェックアウトした、まさにその金曜日のものでした。壁の時計は、正午をさしています。

タクシーで駅に行き、何時間も待って、私は持っていた切符どおりの列車に乗りました。行こうと思えばそれから美術館にも行かれるくらい、時間は余ってい

たのです。

列車が私の住んでいる街に着くと、駅には恋人が迎えに来てくれていました。なにもかも予定どおりでしたし、私があの場所——女の子とお皿の住んでいるあの家、海があり、川があり、遊園地だって何だってあるというあの場所——ですごした時間は、どう考えてもなかったことのようでした。

その晩、恋人は私のためにレストランの予約をしてくれていました。二人とも気に入ってよくでかける、中華料理のレストランです。私たちはそこで食事をしましたが、私は恋人に、女の子の話はできませんでした。どうやって説明すればいいのか見当もつきませんでしたし、正直なところ、ほんとうにあったことなのかどうか、すでに確信が持てなくなっていました。

数日後、恋人の元に葉書が届きました。私が柳の木の下で書き、あの場所の郵便局——女の子とお皿が、緑色の自動車でつれて行ってくれたおかしな郵便局——からだした葉書でした。

これが、私と彼女との、ながい、そしておそらくいっぷう変わった友情のはじまりだったのです。

友情で結ばれた者どうしがたいていそうであるように、私たちも、時を経てなおいまでも会ってお茶をのんだり、気軽なおしゃべりをしたり、新しいスカーフやブローチを見せあったりします。ドライブに行くこともありますし、夜の浜辺で、すこし深刻な話を、棒きれで砂に絵をかきながら、することもあります。

ただし、友情で結ばれたたいていの人たちと違う点も幾つかあって、その一つは、私も彼女も、互いに望んだときに会えるわけではないという点です。会うのも別れるのも、ひどく唐突なのでした。

経済学者へのインタビュー記事は、予定どおり新聞に掲載されました。何の不都合もありません。私が帰ったのは、帰ると告げていた日の、告げていた時間でした。

「おかえり」

駅で私を待っていてくれた恋人の笑顔が、私には、むしろ奇妙なものに見えたことを憶えています。

その後、どんなに丁寧に地図を調べても、休暇を利用して再びでかけ、記憶をたよりに探し歩いてみても、彼女も、あの家も、それどころかあの街全体が、雪のように消えていました。どう考えていいのかわかりませんでした。ただ、恋人が受けとったあの葉書には、見たこともない奇妙な消印が、たしかに押されていたのでした。

数年後、私は恋人と結婚しました。結婚後も新聞記者としての仕事は続けていましたし、あちこちにでかけ、さまざまな人に会いました。自分で言うのは気がひけますが、仕事ぶりは誠実だったと思います。専門は政治経済ですが、かねてより興味のあった環境問題の分野で、とりわけ熱心に働きました。権力者の横暴を、一度や二度はすっぱ抜いたつもりです。そのあいだ、いまや夫となったかつての恋人は、つねによき理解者でした。

あのできごとは、私のなかで、次第に遠く色褪《いろあ》せていきました。

春の夜のことです。

私たち夫婦は夕食を終え、いつものように、夫がレコードを選んでいました。彼が音楽を聴き、私が本を読む、というのが、当時の私たちの気に入りの夜のすごし方だったのです。

「マルセル・アモンはどうかな」

夫の声が聞こえ、小さな台所でテーブルを拭《ふ》いていた私は、

「いいわね」

とこたえてふり向いた拍子に、しょうゆさしを倒してしまいました。

「あ」

つい大きな声をだしたとき、いかにも春の夜らしくしっとりした風が、私の頰をなでました。新鮮な外気です。寒い、と思ったときにはもう、私はたくさんの人のいる場所に立っていました。夕食後にテーブルを拭いている妻にふさわしく、髪をうしろで一つにまとめ、右手に台布巾《だいぶきん》を持って、やや前かがみの姿勢で。右手の甲には、たったいましょうゆさしにぶつかった、鈍い衝撃が残っています。

「ごめんなさい。大丈夫ですか?」

その声を発したのも、その声が向けられた先も、私ではないのはあきらかでした。目の前で、背広を着た紳士が濡れた膝《ひざ》を拭いています。横に立ち、心配そうにあやまっているのはあの女の子でした。のみものの売り子の恰好《かっこう》はしていますが、まちがいありません。何年も会っていなかったのに、私の記憶にある彼女と、寸分違《たが》わぬ様子をしています。驚きのあまり、私は口もきけませんでした。

「大丈夫だよ。気にしなくていい」

紳士が女の子に言いました。

「だいいち、いまのは不可抗力だ。いきなりこの女性が現れて、私の手からコップを払い落としたんだから」

そう言うと、紳士は私をじろりと睨《にら》みました。りゅうとした背広姿で、頭に帽子までのせていましたが、その顔は正真正銘の豚でした。

「ご、ごめんなさい」

あやまったのは、どう考えても私がそれをひっくり返したらしいと思えたからで、どぎまぎした声になったのは、情況にすっかりめんくらっていたからでした。

そのとき大きな歓声があがり、ふり向くと、眼下にグラウンドがひろがっていました。ナイター照明に照らされた、芝生の緑色が鮮やかです。そこに散らばった選手たち。短い音楽に続いて、得点を告げるアナウンスが響きました。両手を高々とあげてホームインした一人の選手を、仲間の選手が祝福しながら出迎えています。

「ここは、野球場なの？」

茫然としてつぶやくと、紳士は、

「いかにも」

とこたえましたが、女の子はあきれ顔で首をふり、

「ここが野球場だってことも知らずに、ここにやってくる人なんて、聞いたこともない」

と、言いました。最近の若い人とか世の中とかについて憤慨するおばさんにそっくりの、その口調には覚えがあります。

「ひさしぶり」

私は女の子に言いました。

「お皿は元気?」

彼女はびっくりした表情で私を見て、眉根を寄せ、いぶかしんでいるようでした。

「まあ」

やがて、小さなあかい唇をぽっかりあけ、ためいきをもらすみたいにそう声をだしました。

「あなただったの?」

どうりで物を知らないと思った、と続け、さらにじろじろ私を見ます。

「靴をはく暇もなかったの?」

「なかったわ」

私はこたえました。階段状に連なったたくさんの座席、金網、夜空、応援団の太鼓やラッパ。ここは、たしかに野球場のようです。

「また迷子なの?」

女の子の口調には、かすかに心配そうな驚きがこめられていました。

「重そうね」

私は、彼女が首からさげている箱――液体の入った紙コップがならんでいます――を指さして言いました。

「そうでもないわ」

肩をすくめて彼女はこたえ、仕事中であることをようやく思いだしたとでもいうように、

「レモネード！　レモネードはいかがですか？」

と、かわいい声をはりあげました。

レモネードを売り歩く彼女のあとについて、私も通路を歩きました。小ぶりながら立派な野球場に、六割方お客さんが入っています。男も女も、子供も犬も、アロハシャツを着たうさぎもいます。煙草をくゆらせている馬の一団も。どこからか、ポップコーンの匂いが流れてきます。

「レモネード！　レモネードはいかがですか？」

女の子の小さな足の運びがやや外またぎみなのは、抱えている箱が大きくて重いせいに違いありません。それでも、彼女はきりっと頭を上げ、しっかりした足どりで歩いています。

私は考えてみずにいられませんでした。この女の子はいったい幾つなんだろう。そして、こんなに無防備な恰好でいきなりここにやってきてしまった私は、どうすればいいのだろう。

二杯だけ残して売り切ると、私たちは空いている座席をみつけて腰をおろしました。スコアボードを見ると、試合は五回の裏で、得点は二対三のようです。

「突然いなくなって、突然現れるのね」

女の子が言いました。放蕩娘《ほうとうむすめ》の行状を、責めるというより感心半分、あきらめ半分に眺めている人のような口調でした。

「お皿なんて、あのあと怒って大変だったのよ。挨拶もせずに帰るなんて、お客として、ほめられたふるまいじゃない、って」

私は不思議な気持ちにとらわれました。というのも、彼女が、まるできのうの話をするかのように、何年も前のあの日のことを、話しているからでした。

「あなたは？」

私は訊いてみました。

「あなたは怒らなかったの？」

女の子の横顔は、真近で見ると、いかにも子供らしく頬がふっくらとしています。

「そりゃあ、感心できないふるまいだとは思ったわよ」

グラウンドを見つめ、女の子は静かな声で言いました。弱い風が、ながいまつ毛をなでていきます。

「でも、世の中には仕方のないことってあるでしょう？　旅人は帰らなくちゃいけないっていうこととか」

私たちはならんで青い座席に腰掛けて、レモネードをすすりました。それはやさしい味がしました。月夜の、誰もいない泉の水みたいに。

「小さなおんなのこは、旅に出られないっていうこととか」

彼女の言葉は穏やかでしたが、同時に、反論の余地のない諦念《ていねん》にみちていました。

「ずっと訊きたいと思ってたんだけど」

おずおずと、私は口をひらきました。

「どうぞ。何でも訊いてちょうだい」

笑顔で、堂々と落ち着き払って、女の子は胸をはります。

「あなたは幾つなの？」

尋ねると、

「九歳よ」

というこたえが返りました。彼女は私をまじまじと見て、質問って、まさかそれだけなの？　という表情をしています。

「九歳じゃ、一人旅はたしかにまだ早いわね」

私はそう言ってみました。女の子はうなずいて、

「ええ。そういうわけなの」

とこたえます。皓々《こうこう》と照明のあてられたグラウンドの上空は、どこまでも漆黒の夜空でした。一人旅は無理でも、誰かと――たとえば私と――、一緒に旅をするぶんには問題はないのではないか。ぼんやりとそんなふうに考えていると、

「さて。あなたがどうしても最後まで野球をみたいというのでなければ、電車が混んでしまう前に帰りたいんだけど」

と隣で女の子は言って、ぴょこんと立ちあがりました。二つにわけて結んだ髪の毛も、背中でいっしょに跳ねました。

このとき、私の頭のなかには、仕事も夫もありませんでした。拭いている途中だったテーブルのことさえ、どこか遠い他所《よそ》の国、私がみていた長い長い夢のなかの物のようにしか、感じられませんでした。

私はまたここに帰ってきた。

大切なのは、そのことだけでした。

「ただいま」

門をあけ、夜気に湿ったギンモクセイの茂みに向かって、女の子は穏やかに言いました。それが、茂みにではなくミミズに向かって発せられた言葉であることを、私はもう知っています。建物や庭、道や車だけでなく、闇の濃い夜空とか、澄んだ大気の匂いとかまで、たちまちなつかしさをよび覚まします。まるで、私ではなく私の皮膚や内臓が、ここに帰れたことを喜んでいるみたいなのでした。

「どうぞ」

促されて、部屋のなかに入りました。

「ちょっと散らかっているけど、くつろいでちょうだい」

女の子は手提げを肘掛け椅子に置き、いかにも外で働いて帰った人らしく、疲労と安堵の気配をにじませて、洗面所に手を洗いにいきました。

「お客さまなの?」

電気のついていない台所のあたりから、かん高い声がきこえます。

「そうよ。さっき突然いらっしゃったの」

洗面所から、女の子の声がこたえました。どちらの姿も、私のいる場所からは見えません。それでも私には、二人の様子が目に見えるようでした。

「お客さまっていうものは、たいてい突然いらっしゃるのよ！」

お皿は憤慨しています。もし何か——果物とか、パンとか——のせていたら、おそらくこぼれているでしょう。

「いつでもいいように、平生《へいぜい》から備えておくのが立派な暮らし方というものでしょう？」

叱《しか》るようにお皿は続け、その声は、ビリビリふるえているようでした。女の子はうがいをしています。

「そうね」

あっさりそう言ったとき、彼女の声は、水をのんだあとの人のようでした。私は微笑まずにいられませんでした。たしかに、彼女たちは存在していたのです。

やがて、女の子がお皿を抱いて現れました。

「おろして」

濡れた布で壁をたたくように、お皿はぴしゃりと言って床におりると、私に片手をさしだしました。

「はじめまして」

取り澄まして言います。

「おひさしぶり」

さしだされた手をとって、私も慇懃《いんぎん》に言いました。

「最近も自動車を運転されています?」

おどろきに目をまるくして、ぽっかりと口をあけ、お皿は数秒、私を凝視しました。それからわなわなふるえ、助けを求めるみたいに女の子を見上げました。

「まさか、ミス郵便局なの?」

女の子がうなずくと、お皿はいきなりぱりんと音をたて、二つに割れてしまいました。

「大変」

握手のさなかに相手が割れてしまうというのは衝撃的なことです。私はお皿みたいにふるえました。

「こうなると思ったわ」

つぶやいた女の子は落ち着いています。

「あなたがいきなり帰っちゃったときにも、お皿はおどろいて砕けちゃったのよ。自動車の運転席で。あのときはもっと粉々だったから、かけらを拾い集めるのに苦労したわ」

そう言いながら、たちまちお皿を糊《のり》づけします。

「粉々？」

説明されて、私はますます心配になりました。そんなことが度々あったら、いくら糊でつけても完全な元どおりにはならないだろうと思ったからです。

「そのとおりよ」

うなずいた女の子は、どういうわけか嬉しそうに、誇らしそうに見えました。

「すこしずつ、変化するわ。くっつけても跡は残るし、ときどき欠片《かけら》がみつからなくなる。だから捨てられちゃうお皿もある。捨てられずに傷がふえていくことは、お皿に言わせると愛されたしるし、お皿の名誉なんですって」

「そういうものなの？」

糊づけされ、テーブルに横たえられたお皿を見おろしながら、私が感心したのは、むしろ女の子に対してでした。ほんとうに勇敢な女の子です。

「そういうものよ」

自信をもってこたえ、彼女は私を寝室に案内してくれました。


翌朝には、お皿はすっかり元どおり――ではないにしても、すっかり元気――になっていました。私のまわりをぐるぐるまわって前後左右から眺めたあげく、どう考えてもミス郵便局――二人は私を、そう呼びならわしていたようでした――に似ていない、と断じました。

「そりゃあ頓狂《とんきよう》なところは似てるわよ。でも、なんて言うか、随分お年を召したじゃないの」

もちろん私は心外でした。あれから五、六年たったとはいえ、私は結婚したばかりの新妻でしたし、決してそう「お年を召し」てはいませんでしたから。

「その点は、あたしもほんとにおどろいたわ」

ごく真面目《まじめ》に、女の子も同意しました。

「団長さんに話せば、サーカスに入れてもらえるかもしれないわね。とっても風変わりだもの」

「団長さん？」

やや怯《おび》えて、私は訊き返しました。幾つか年をとったというだけで、サーカスに売られるのなど御免です。

「いまこの街に、サーカスがきているの。あたしとお皿は先週観《み》に行ったんだけど、すばらしかったわ」

女の子は言いました。

「団長さんとも知り合いになったの。だからもしあなたがしばらくここにいて、サーカスで働きたいのなら――」

「ありがとう」

女の子に最後まで言わせずに、私はきっぱりと言葉をさしはさみました。

「でも働くつもりはないわ」

女の子は気にするふうもなく、

「あら残念。それじゃあ仕方がないわね」

と、言いました。

その日、朝食のあとで私たちがいちばんにしたことは、私の靴を買いに行くことでした。私はお金を持っていませんでしたが、女の子は気前よく、贈り物として買わせてちょうだい、と言いました。おんなのこっていうものは、なんにせよけちではないものなの、とも。

靴屋は、「広場」駅のまん前にありました。記憶にあるとおりの駅舎、記憶にあるとおりのバスロータリー、そして、記憶にあるとおりのハンバーガーの匂いがします。人も大勢歩いていました。

「ごめんください」

女の子が言い、私たちは連れ立って、日のあたらない、埃くさい店のなかに入りました。

「いらっしゃい」

でてきたのは、年をとって背中のまがったネズミでした。銀色の縁の眼鏡をかけて、辛子《からし》色のチョッキを着ています。

「こんにちは。このひとはうちのお客さまなの」

女の子が説明します。

「きょうはこのひとに合う靴を探しにきたのよ」

そのあいだに、私は店内を見まわし、棚の上の方にある、一足の靴をすてきだと考えていました。茶色い、しっかりした厚底の靴です。

「すてき」

女の子の声がしました。見ると、女の子とお皿とじいさんネズミとで、額をよせあって、べつの靴を見くらべていました。

「絶対にこっちが上品よ」

お皿が言えば、

「でも、これもかわいいわ」

と、女の子が言います。私はふいに、自分がいっぱしの新聞記者でも所帯を持った妻でもなく、母親に連れられて買物をしている、小さな子供になった気がしました。

「いいわ。これをはいてみて」

相談がまとまったらしく、女の子が私に、一足の靴をさしだしました。深緑色をした、かわいらしい、やわらかそうな靴でした。三人に見守られながら、おそるおそるはいてみました。それは、普段の私なら決して選ばない、けれどもあつらえたように私の足にぴったりの、靴でした。

「うちの職人のつくったものです」

小さく咳払《せきばら》いをして、じいさんネズミが遠慮がちに言い添えました。

買物を終えておもてにでると、空は晴れて、あたたかです。賑《にぎ》やかな駅前、歩道、車道。街路樹の幹は太く、ごつごつして乾いています。

「ここは変わらないわね」

顔をやや上に向け、そよ風をまぶたで受けとめるようにしながら、うっとりと私はつぶやきました。なつかしい場所に帰ってきたような気分でした。

「そりゃあそうよ」

女の子は言いました。

「世界だもの。世界は確固たるものでなきゃあ」

仕事柄、私は世界についてもうすこし違う意見を持っていましたが、いまここで口にするつもりはありませんでした。日ざしにも空気にも、春がぱんぱんにみちています。確固たる世界に、足にぴったりの靴をはいて立っていることの安心と幸福！

昼食は、外で食べることになりました。テラスにテーブルをだしている店を選んで、私たちは魚貝のスープを食べました（女の子のすすめに従って、私は白インものみました）。周辺のお店で夕食の材料を買って——どの店も日よけを張りだしていましたので、歩道は日陰と日なたが交互になっていました。そこをまっすぐ歩くのは、心愉しい散歩でした——、私たちはうちに帰りました。

自動車の窓をあけ放ち、女の子のうたった歌は、こんな歌でした。

あたしは強いおんなのこ。殴られたって泣かないわ。靴を盗《と》られても泣かないわ。ママが死んでも泣かないわ。山が崩れたって泣かないわ。川が溢《あふ》れたって泣かないわ。殺されたって泣くもんか。

ぼうぼうと音をたて、風が車内に流れ込んできます。

「ただいま」

門を入るとき、自然に言葉が口をついてでました。茂みに声をかける習慣ができるなんて、思ってもみませんでした。

家のなかは静かで、まるで百年も前から女の子の帰りを待っていたかのようでした。みんなお腹がくちくなっていましたので、それぞれお昼寝をすることにしました。

夕方になれば、女の子は一人でレモネードをつくり――そのあいまに夕食の下ごしらえまでして――、野球場に仕事に行くのです。私は驚嘆の思いで考えをめぐらさずにはいられませんでした。この小さな女の子に、できることとできないことについて――。

「サーカスは、いつまでこの街にいるの？」

その晩、夕食の席で、私は彼女に尋ねました。

「団長さん、ほんとうに私を雇ってくれるかしら」

夕食は、すね肉とじゃがいもの煮込みでした。それを頰ばったまま、女の子はびっくりしたように私を見ます。

「といっても、専属記者としてよ。この街の新聞に、いい記事を書いて売り込むの。年をとるありさまを披露するには、時間がかかりすぎるもの」

私の頭のなかにはある計画がありました。女の子を、旅につれて行く計画でした。

「まあ。あなた、働きたくなったの？」

私はにっこりしてうなずきました。

「ええ。でもほんのしばらくのあいだ、旅費が貯まるまでだけの仕事でいいの」

記事を書くことなら得意です。

「旅費？」

怪訝《けげん》な顔つきの女の子に、私は計画を打ちあけました。

「それ、ここじゃない場所に泊るっていうこと？」

慎重に、ゆっくり、女の子は訊きました。

「民宿とか、ヴィラとか、ホテルとかに？」

質問の一つずつに肯定の返事をしながら、私は女の子の顔に浮かぶ表情の変化を、興味深く見守りました。

「そんなことができたら嬉しいけど、でも、だめだわ、よく考えてみなくちゃ。考えることが大事よ。小さなおんなのこっていうものはね、旅にでたりできないものなの」

「さめるわよ」

私はすね肉を指さして言いました。女の子は従順に――考え考え――スプーンを口に運びます。

「はじめてだわ」

女の子は言いました。

「もしそんなことができたらっていう意味だけど。ここじゃない場所で眠るなんて、考えてみたこともない」

いつも落ち着いていて勇敢な彼女が、動揺しているようでした。

「ね、こう考えてみて」

私は自信をもって言いました。

「小さな女の子っていうものは、気の毒なことに、大人が旅にでると言ったらついて行かざるを得ないものじゃない？」

しばらく考えたのちに、女の子はおもおもしくうなずきました。

「そうね。どうやらそのとおりみたい」

私はサーカスの記事を書きました。「いざゆかん、サーカスへ！」というタイトルで、かなり長く、これは地元の新聞に、五回に分けて掲載されることになりました。

実際、サーカスのだしものは、どれもすばらしかったのです。私がいちばん気に入ったのは、玉乗りの三人組でした。それは黒い大きい牝《めす》の熊と、かわいらしい牝の子豚と、小さな女の子の三人組で、片手に一房のぶどうを、もう一方の手にガラスのコップを持って登場します。器用に玉乗りをしながら、ぶどうを食べては互いの持つコップのなかに、たねを飛ばし合うのです。玉乗りと、たね飛ばしと、コップによるうけとりの三つを、同時にこなすわけです。見ているだけで息が切れるほど、瑞々《みずみず》しくも忙しい、芸当でした。おまけに華やかでもありました。うしろではオーケストラが演奏し、熊はきらきらする青いドレスを、豚はりぼんのついたピンク色のドレスを、女の子はたっぷりとギャザーのよった、緑色のドレスを着ていましたから。

あとで聞いたことですが、お皿は、椅子とトランポリンを使った六人兄弟の曲芸が、女の子は、ピエロと小猿によるコミカルな寸劇が、とりわけ胸に響いたそうです。二人ともこのサーカスを見るのは二度目でしたが、すべてのだしものに、惜しみない拍手を送っていました。

取材ですから、私たちは舞台裏も見学しました。おさだまりののびきったランニングシャツを着た、太りすぎのライオン使いがスナック菓子を食べている横で、倦怠感《けんたい》ただよう痩《や》せすぎの妻が、スリップ姿で泣きながらウイスキーをのんでいるのを目撃しましたし、かつて空中ブランコ乗りだったという若い美しい男の人が、落下の恐怖にとりつかれて飛べなくなり、いまではロバの飼育係になっていることも知りました。

そういったことも、私は記事に織り込みました。劇的にする効果があると思ったのです。テントに抱かれた、さまざまな人生。

こうして、私は旅にでるのに十分なだけの報酬を手にしました。

行く先は、よくよく検討した結果、「寒村」に決まりました。というのも、「広場」駅から「寒村」行きのバスがでていて、女の子は昔から、「寒村」に興味があったというのでした。

「どういうものか、見当もつかないの」

女の子は言いました。テーブルには、ガイドブックや新聞や、時刻表の類《たぐい》が所狭しと広げられています。

「そりゃあ、この『リゾート』っていうやつにも魅力は感じるわ」

駅でもらってきたパンフレットの一枚を、女の子はとんとんとたたきます。それは、風呂敷の住んでいる海から、ホテルの専用バスで行く場所のようです。

「でも、やっぱり『寒村』の勝ち。旅情がありそうだもの」

女の子について、私が不思議に思うことの一つは、たとえば旅を知らないのに、旅情は知っているらしい、ということです。

「おばけがでるわよ」

旅にはそもそも関心のないお皿が、部屋の隅から口をはさみました。そこには鏡がたてかけてあるのですが、お皿はさっきから退屈しのぎに、鏡の前でいろいろなポーズをとっているのでした。

「平気よ」

女の子は言い返しました。

「おばけがでたりしたら、おもしろいわ」

意地をはっているのだと、おそらく誰が見てもわかったでしょう。気丈な言葉とは裏腹に、表情がこわばっていましたから。

「私はもう寝《やす》ませてもらうわ」

ポーズをとることに飽きたらしく、ぷりぷりした声でお皿は言いました。

「あなたたち、旅にでるなら戸じまりには気を配っててね。留守のあいだに泥棒が入って、私が盗まれたら大変でしょう?」

「もちろんよ」

女の子はやさしく言い、お皿をそっと抱きあげました。

その夜、お客さま用のベッドに入ってから私が考えたのは、でも、旅のことではなく夫のこと、そして私自身の生活と家のことでした。この街に来て、随分時間がたっています。枕元《まくらもと》の小机には、あの日握りしめたままだった台布巾が置かれていますが、それは、なんだか場違いで奇妙な、見たことのない物体のように見えるのでした。

思いださなきゃ。私は思いました。このまま記憶が薄れたら、二度と自分の人生に戻れない。そう考えると恐怖がぐらぐら込み上げて、息ができないほどでした。我家の居間、寝室、台所。玄関には、友人にもらった小さな絵が飾ってあります。黒猫と白猫が、身を寄せ合って眠っている絵です。あまり料理に熱心ではないので、台所は殺風景ですが、流し台の奥の窓辺には、人参《にんじん》の葉を水栽培しています。冷蔵庫の扉には、私が旅先から夫あてにだした、たくさんの葉書が磁石でとめてあります。

細部をあれこれ思いだしながら、私はなかなか眠れませんでした。

このままここで暮らすこともできるのかもしれない。そう感じる自分が不安でした。仕事や家族や大切な人たち――私がこれまで自分の人生だと思ってきたもの――を、あっさり捨ててしまえるなんて。

翌朝は、洗いたてみたいな快晴でした。荷物を詰めた旅行鞄《かばん》が、すでに玄関の前に置いてあります。

「おはよう」

清々《すがすが》しい表情で、女の子は言いました。

「荷物、早起きをして詰めたの。必要なものはみんな持ったわ」

大人げない、とは思ったのですが、私は一抹の淋しさに襲われました。私には、荷物と呼べるものが何もないのです。彼女の人生はここにあるのに、私のはないのだ、と感じました。お客である以上、仕方のないことだ、と、自分に言いきかせました。

「でも、旅行ははじめてだし、何か忘れ物をしているといけないから、あとで点検してね」

見かけによらず心配性なところのある女の子は、いかにも小さな女の子らしい心許《こころもと》なげな口調で、そう言うのでした。

朝食をすませ、私たち二人はお皿に激励の握手をされて、送りだされました。

「たのしんできてね。帰ったら、なにもかもすっかり話してくれなくちゃだめよ。おみやげも忘れずにね」

淋しさを隠し、お皿は立派にふるまいました。

広場までは、ひたすらまっすぐまっすぐの道です。前回、でかけようとして日ざしのなかに踏みだした途端、この場所から強制退去となったことを思いだし、私はこわごわ、日陰を選んで歩きました。やわらかな、緑色の靴をはいた足で。

女の子は旅行鞄をしっかりと持ち、やや緊張した面持《おもも》ちで歩いています。そよ風にのって、ミツバチが一匹飛んでいました。雑貨屋の裏口では、おばさんがダンボール箱を積み上げています。そのとき私は、女の子が、ごく幽《かす》かな声で歌をうたっていることに気づきました。それはこういう歌でした。

旅はおさんぽとはちがうー。ピクニックともちがうー。遠足ともちがうー。引越しともちがうー。ちがうったらちがうー。（あいのてのように片足をとんと踏みならし）ちがうったらちがうー。（とん）ちがうったらちがうー。

私は微笑みを誘われました。うす水色の空です。

旅は迷子とおなじー。

女の子の歌は続きます。

生まれるのとおなじー。死んじゃうのとおなじー。忘却ともおなじー。おなじったらおなじー。（とん）おなじったらおなじー。（とんとん）

びくっとしました。死んじゃうのとおなじ？　忘却ともおなじ？　私がいまここでしていることは、そんなにおそろしいことなのでしょうか。

「いいわ」

歌い終ると、女の子が言いました。何が「いい」のだかわからず、うまく返事ができずにいる私に、彼女はにっこり微笑んでみせると、

「準備はいいわって言ったの」

と、説明してくれました。

「おんなのこっていうものは、旅にでるにはどうしたって心の準備がいるわ。そんなの、生まれたばかりのへびの赤ちゃんにだってわかることよ」

「広場」駅に到着です。準備をし、すっかりいつもの勇敢さを取り戻したらしい女の子は、私の先に立って、さっさとバスに乗り込みました。時刻表によれば、一日に一本だけでているバスです。

運転手はラジオから音楽を流し、ガムをかんでいました。

「お行儀のいい仕事ぶりとは言えないわね」

女の子が私に耳打ちしました。

座席の広い、窓の大きい立派なバスです。エンジンをかけたまま停車しているので、車内にはガソリンの匂いが充満し、坐《すわ》っていても震動が伝わってきました。

「発車します」

低い、不機嫌といってもいいような声で運転手が告げ、ドアが閉まったとき、乗客は、私たちのほかに、男の子が一人いるきりでした。こんなに晴れた美しい春の日に、わざわざ「寒村」にでかけようという人間は、そうそういないのだろう、と、私は考えたものです。

ところで、女の子の荷物（私はそれを、でがけに見せてもらったのですが）は、実に思慮深く詰められていました。ほんとうに、「必要なものはみんな」入っていたのです。歯磨きと歯ブラシとヘアブラシと石けん。目ざまし時計と虫さされの薬。髪を結ぶりぼん。パジャマと下着。サングラス、飴《あめ》、シャベル、ハモニカ、しゃぼん玉セット。タオル、予備の靴、めん棒。

めん棒は、彼女が普段お菓子を作るときに使っているもので、「いざというときの武器として」持っていくのだそうでした。着替えがないのに予備の靴があることについても、「雨に濡れたとき、服はすぐに乾くけど、靴は乾かないでしょう？　旅のあいだ、服がくたびれていてもかまわないけど、靴がくたびれていてはかなわないもの」と、大変筋の通った説明をしてくれました。

バスは街を抜け、未舗装の一本道を、盛大に土埃をまき上げながら走っていきます。

「随分揺れるのね」

女の子は言い、細くあいていた窓を閉めました。道を、にわとりの一団がよたよたと歩いていきます。

給油所で一度休憩し——窓ごしの日ざしが想像以上にきつかったので、私と彼女は給油所の売店で、お揃いの麦わら帽子を買いました——、バスが終点についたのは、午後になってからでした。

「さて」

あまりお行儀のよくない運転手と別れてステップを降りると、私は保護者ぶって言いました。

「旅の常道としては、まず宿屋ね」

女の子はうなずいて、

「あたしも、そうじゃないかと思ってたわ」

と言いました。

この村の特徴は、なんといっても閑散としていることでした。ガイドブックによれば「いちばん繁華な通り」であるはずのバス停付近さえ、私たちのほかには(そして、おなじバスから降りてすでに歩き去ってしまった男の子のほかには)、猫が一匹歩いているだけです。ごくまばらにある商店も、ほとんどがシャッターを閉ざしたままで、ショウウインドウも空っぽでした。

「独特ねえ」

精一杯ほめようと苦心して、女の子は言いました。私たちは景気づけに飴を一つずつ口に入れ、地図を片手に歩きだしました。

宿屋はすぐに見つかりました。古い時計台の隣、という目印があったからです。時計台の時計は針が一本失《な》くなっている上、数字もいくつかはがれ落ちていて、もちろん動いていませんでしたが、女の子は気丈にも、

「あたしはかまわないわ」

と言ってのけました。

扉を押すと、カラン、と鐘が鳴り、それまで居眠りをしていたらしい初老の女性が顔を上げました。

「予約をした者ですが」

私が言うと、女性は眼鏡ごしにじろりと私たちをにらんだあと、

「あいよ」

とこたえて宿帳を押して寄越《よこ》します。私には、隣で女の子が身を固くしたのがわかりました。サインをし、鍵《かぎ》をうけとり、埃だらけの薄暗い階段をのぼるあいだ、女の子は無言でした。

ところが、部屋に入り、ドアを閉めた途端、こらえきれなくなってくっくっと笑い始めるではないですか。私はきょとんとしてしまいました。

「おもしろいわ」

笑いの発作が治まると、女の子は楽しそうに言いました。鞄を置き、ベッドにぴょこんと腰掛けます。

「あいよって、言ったわ。あいよ、なんていう挨拶、はじめて聞いた」

部屋は小さく、歩くと床がきしみました。備品といったら小さなベッドが二つとたんすが一つ、空っぽの、小さな冷蔵庫が一つあるきりです。私は小さい窓をあけ、埃と家具磨き剤のまざった匂いを、すこしでも緩和しようとしました。

「わくわくするお部屋だわ」

埃っぽい空気を思いきりすって、女の子は言いました。

空腹ではあったのですが、昼食は時機を逸してしまったので抜き、夕食を早目にすることにして、私たちはまず散策にでました。はがれかけた貼紙《はりがみ》、割れたガラス、放置された換気扇、放置されたタイヤのチューブ、あっちにもこっちにも野良猫。見るべきものは、それだけのようでした。女の子はサングラスをかけて、意気揚々と歩いています。空家、空家、薬屋、空家、空家、空家、パン屋。実際、道はそんな具合に続いているのでした。細い路地を抜け、かつては映画館だったと思われる、大きな建物の前にでたとき、朝はあんなに晴れていた空が、いつのまにかどんよりと曇っていることに、私たちは気づきました。肌寒い、湿った風が吹いています。お揃いの麦わら帽子が、ひどくきまりわるく思えました。

「宿にひき返してシャワーを浴びて、夕食に備えるというのはどう?」

人っ子一人いない村の不穏さに耐えかねて、私はそう提案しました。女の子はびっくりしたように私を見て、

「なぜ?」

と訊きます。風にのって、灰色の雲が随分速く流れています。

「だって、心細くない?」

すると、女の子は両手を腰にあて、あきれ顔をしてみせました。

「もちろん心細いわ」

力強く請《う》け合うと、

「旅って、そういうものなんでしょう?」

そう言って、持っていた手提げから、飴を二つだして一つ口に入れ、もう一つを私にくれるのでした。

私たちが彼に会ったのは、そのときでした。うらさびしい村の、かつての映画館の前、ひんやりと湿った空気が、肌にしみとおりそうな石畳の路上。

「自転車はどう?」

にこりともせず、彼は言いました。ぎざぎざに切った黒髪、汚れたTシャツに汚れたずぼん。今朝バスに乗っていた男の子です。

「まあ、また会ったわね」

女の子は言いましたが、男の子はとりあわず、

「自転車、乗るの、乗らないの」

と、私に向かって言いました。私と彼女のうち、どちらが財布の紐《ひも》を握ってい

るか知っているのだ、と思うと、私はあまりいい気持ちがしませんでした。

女の子は、一枚上手《うわて》でした。

「あなた、この村に住んでいるの？」

気後《きおく》れもせず、尋ねます。男の子がうなずくと、

「一人で？」

と、さらに尋ね、

「アニキと」

という返答をひきだすと、満足そうにうなずきました。

「すてき。寒村で、兄弟二人でどんなふうに暮らしてるのか、ぜひ話して下さらなきゃ」

そうしたら自転車を借りるかもしれないわ、としゃあしゃあとつけたして、まだ手に持っていた飴の袋を、男の子にさしだすのでした。

雨も降ってきそうだし、どこかでお茶でものみましょうか、と私が言うと、男の子は目の前の建物を指さしました。

「ここ？　どう見ても元映画館で、いまは廃墟《はいきょ》のこのなかでお茶がのめるの？」

男の子はうなずくと、はじめて微笑みらしきものを——わずかに——浮かべ、

「俺たち、ここに住んでるんだ」

と、言いました。

こうして、私たちはがらんとした、くもの巣だらけの男の子の自宅に足を踏み入れたのでした。チケットブースも売店も、赤いじゅうたんの敷かれた階段も、座席もスクリーンも映写室も、壁に貼られたポスターまでも、すりきれて埃をかぶってはいましたが、そのまま残っていました。映画館特有の、むうっと甘ったるいような匂いもです。

お兄さんはでかけていて、いまここには、男の子と、年をとった犬だけがいるのだそうでした。

「俺はきのうみたいに毎月街へでかけるんだけど、それは年をとった犬のために、新鮮なバターの塊《かたまり》を買わなきゃいけないからなんだ」

男の子がそう言ったとき、私は、今朝彼がバスのなかで、レンガくらいの大き

さの紙包みを、大事そうに膝に乗せていたことを思いだしました。

「それはそうね」

しんとした声音で、女の子が相槌《あいづち》を打ちました。

「年をとった犬には、そりゃあ新鮮なバターの塊がいるわ」

映写室は、兄弟二人の私室として使われていました。小さなコンロがあり、男の子は濃い紅茶をいれてくれました。旅先で、空腹で、しかも肌寒いというときの、一杯のお茶の、なんて嬉しかったこと！ 私たちはそれをゆっくりのみながら、男の子の身の上話を聞きました。


「この村で生まれたんだ」

と、男の子は言いました。

「俺もアニキも、二人とも。もちろんこの映画館で生まれたわけじゃなく、道のもっと先の、小さな家でね。俺の憶えている限り、両親はすでにいなくて、アニキだけがいた。おかしいと思うかもしれないけど、アニキの記憶でもおなじなんだ。つまり、アニキが生まれたとき、そこに両親はいなくて、弟の俺だけがいた」

それはおかしい、と私は思いましたが、

「わかるわ」

と、女の子は言いました。

「両親がいなくても、俺はべつにかまわなかった。アニキがいたからね。アニキの方でもそうだったと思う。つまり、俺たちはそもそものはじめから、二人兄弟としてこの世に存在しているわけなんだ」

女の子は熱をこめ、

「わかるわ」

と、くり返します。

「そのころは、この村ももうすこしは賑やかだった。新聞も配達されていたし、店ももっとあいてた。でも、ここは寒村だからね、やがて人が他所《よそ》にでて行き始めた。毎日なん人もいなくなるんだ。家は空家になり、店はシャッターをおろした」

男の子が言葉を切り、私と女の子は、紅茶を一口ずつ啜《すす》りました。

「でも、それは全然悲しいことじゃないんだよ。だって、寒村ってそういうものだろう？　村には村の仕事があって、それはさびれることだったんだ。あるとき俺は、いいことを思いついた。みんながどんどんでて行ったために、村にはたくさんの自転車が放置されていた。それを集めて、磨いて、必要ならちょっとした修理もして、他所から来る観光客——ちょうどきみらみたいな——に貸すことを思いついたんだ。なにしろ村はさびれちまって、移動の手段が何もないからね」

私はすっかり感心しました。こんなに小さいのにそんな商売を始めるなんて、大したものだとおどろきます。

「いざ商売を始めてみると」

男の子は続けました。

「それまで住んでいる家では手狭《てぜま》になった。自転車が三十台くらいあって、まだまだ増えそうな勢いだったからね。それで、この建物がちょうど空いていたから、引越してきたんだ」

「手びろくやってるのね」

女の子が口をはさむと、彼はちょっと肩をすくめ、

「実際には、たいして儲《もう》からないよ」

と、言いました。

「観光客はそう多くないし。俺に稼げるのは、せいぜい犬のバター代くらいなんだ。あとはアニキが稼いでくれてる。村に残ってる人たちの雑用を、一手にひきうけているんだ。荷物を運んだり、壊れたものを直したり、皿洗いや、植木の手入れもしてる。何でもできるんだ」

最後は誇らしそうに胸を張って、男の子は話をしめくくりました。

「お願いがあるんだけど」

お茶をのみおわり、女の子が口をひらきました。映写室は狭く、毛布やら本やらタイヤの空気入れやらで散らかっていましたが、生活の気配があり、居心地のいい空間でした。

「おいとまする前に、年をとった犬に会わせてもらえない?」

男の子はあっさりうなずいて、

「いいよ」

と、言いました。


それは、まったく信じられない光景でした。犬の部屋(と、男の子は呼んだのですが)は、二階の廊下を間仕切りで仕切った、かなり広い空間で、中央に置かれたベッドは天蓋《てんがい》つきでした。廃業した家具屋から運んできたのだと、男の子が説明してくれました。大きなガラス窓からは、晴れた日なら燦燦《さんさん》と日がさすはずです。赤いじゅうたんのあちこちに犬用の玩具《がんぐ》があり、ベッドサイドには水のボウルとラジオが置いてありました。水のボウルは純銀製です。ベッドの上、見るからに上等な羽根布団のまんなかに、黒い犬が一匹まるくなって寝ていました。

「すてき!」

女の子が声をたてると、犬はたちまち跳ね起きて、嬉しそうにしっぽを振りました。ピンク色の舌をだらりとたらしています。

「ひどく甘やかしてるのね」

つい感想を口にして、女の子に睨《にら》まれました。

「失礼よ」

女の子は私に言い、それから男の子の方を見て、

「ごめんなさいね。このひと、悪気はないのよ。ただちょっと風変わりで、物事をあるがままには受け容《い》れられない性質なの」

と説明しました。男の子はまた肩をすくめて、

「そりゃ風変わりだな」

と、認めました。窓の外は音もなく雨がふっています。犬は、新鮮なバターの塊のせいか毛なみがよく、つやつやと黒光りしています。まるい茶色い目で私たちを見上げ、遊ぼう、と誘っているようでした。

「どの家にも、その家なりの暮らし方があるのよ」

女の子は、私にだけ聞こえるように、小さな声で言いました。

「私たちはお客なんだから、意見なんか言うべきじゃないと思うわ」

私も、そのとおりだと思いました。

夕方です。「もうじきアニキも帰ってくるから」ゆっくりしていってほしい、と男の子は言ってくれましたが、私たちは宿に帰ることにしました。雨足は強く、ときどき雷も鳴っています。それでも、女の子が頑として主張しましたので、私たちは自転車を二台借りました。

村は依然としてひと気がなく、夕闇のせいでさらに不穏な雰囲気でしたけれども、私たちはもう心細くありませんでした。一杯の熱いお茶と、元映画館の建物に住んでいる男の子と犬。この「寒村」は、私たちにとって、知りあいのいる村です。男の子に見送られ、宿までさっそうと自転車をこぎました。水たまりの水を跳ね上げ、頭のてっぺんから爪先《つまさき》までずぶ濡れになって、自転車をこぐのは爽《そう》快《かい》でした。爽快さのあまり陽気になり、まつ毛の雨水をふり払いながら、奇声とも歓声ともつかない声を何度も上げたほどです。

宿に着き、からん、と音をたてて扉をあけたときには、私たちの陽気さは頂点まで極まっていました。それで、帳場の女性の顔を見た途端に、揃って笑いだしてしまいました。

シャワーを浴び、雨が止むのを待つあいだに、私たちはお皿あてに葉書を書きました。二人で考えた文面はこうです。

「お皿、元気ですか。私たちは元気です。寒村は、しずかでさびしい、おもしろい、いいところです。きょうは男の子と犬に会いました。これから夕食に行くところ。あしたのバスで帰ります。会いたいわ。雨の寒村にて」

書きおえて切手を貼ると、書く前よりもなお一層、遠い場所に来ているのだという実感が湧《わ》きました。

レストランは、村に一軒しかありません。宿と連動していて、宿にお客のあるときにだけ、レストランもあく仕組みなのです。地図を手に、私たちは夜道をならんで歩きました。そこらじゅう濡れて光っていましたが、雨はもう上がっています。春の夜気はつめたく、清々しい匂いです。

「おもしろいわ」

歩きながら、女の子は言いました。

「旅って、すごくおもしろいわ」

私の靴はぐっしょり濡れていましたが、女の子の靴は乾いたやつでしたので、足どりも軽やかです。

「それにお腹がぺっこぺこ。これからごはんを食べるっていうときに、お腹がぺっこぺこなのは嬉しいことじゃない？」

私は心から同意しました。レストランはもう目の前です。

オレンジ色の灯りは、おもてが暗いぶん余計に、暖かく見えました。

「こんばんは」

私たちは元気よく、店の扉をあけました。

「嬉しいねえ」

まず声がして、次に身体が現れました。厨房《ちゅうぼう》から、ひょっこり。

それは豚の紳士でした。野球場で会ったときの、りゅうとした背広姿ではなく

て、白い、コックさんの服を着ています。

「ひさしぶりの観光客って、あんたたちかい？」

言葉使いまで違うので、豚の紳士の双子の兄か弟かもしれないと、考えたほどです。

「料理をするのは半年ぶりだ。腕をふるうよ」

私たちはその晩の、たった一組のお客でした。

「でも間に合ってよかった。車を飛ばして、街からさっき戻ったんだ。普段は街で、株屋として暮らしてるもんでね」

にこにこして言いながら、店に一つあるきりの、小さなテーブルに案内してくれます。

「けど、心配はいらないよ。こっちが本業なんだから。昔、まだ村にレストランが幾つもあったころから、村一番の名シェフだったんだ。株屋は生活のための、もう一つの顔」

私も女の子もびっくりしましたが、同時に、寒村というものの奥深さに胸打たれてもいました。

夕食は、りんご酒で幕をあけました。新鮮なグリーンサラダと、鱈《たら》のパイ、香草《こうそう》と一緒にグリルした子羊。べつに、焼きたてのパンもありました。どれも素晴らしくおいしく、でもそれ以上に素晴らしかったのは、料理を終え、隣のテーブルについて、私たちの食べるところをにこにこしながら見守っている、豚の紳士の顔でした。

「嬉しいねえ」

彼は何度も言いました。

「ひさしぶりのお客だよ」

私たちは一緒に食事をしようと誘いましたが、彼はプロらしい頑固さで、その申し出を断りました。

「ただ見ていたいんだ」

肩で息をするほど食べたあと、食後に、女の子はハーブティを、私はポートワインをいただきました。

店をでると、私たちはまた、笑いの発作に襲われました。満腹で、気持ちもみちたりていて、幸福でした。

「びっくりしたねえ」

そう言い合って、笑いながら歩きました。空には星がまたたいています。女の子の手提げからは、「いざというときの武器」のめん棒が、長閑《のどか》な風情《ふぜい》でつきでています。

「ハモニカを吹く?」

女の子が言い、私たちはそれを思いきり吹き鳴らしながら、宿に帰りました。そして、部屋に帰りつくやいなや、小さなベッドにそれぞれ倒れ、ぐっすり眠り込みました。

翌朝、目をさました女の子が最初に言った言葉は、弾むような、

「帰るのね!」

でした。カーテンの隙間《すきま》から、日の光がもれています。

「帰りたいの？」

ゆうべ、あんなに幸福に笑い合ったことを思いだし、不思議に思って尋ねると、

「もちろんよ」

と、躊躇《ちゅうちょ》のない声が返りました。

「旅はもちろん楽しかったわ。夢みたいだった」

うっとりと、と言っていいような表情で、女の子は続けます。

「でも、旅をおえて家に帰るのは、素晴らしい気分のものじゃない？」

彼女の心は、もう帰路についているのでした。

朝食もそこそこに、私たちは荷物をまとめ、一日に一本しかないバスに乗り遅れては大変とばかりに、宿を後にしました。支払いをするとき、女の子は例の熱を込めた口調で、

「お元気でね」

と言って帳場の女性の手を握りました。女性はめんくらった様子でしたが、すぐに落ち着きを取り戻して、

「あいよ」

と、こたえました（帰りのバスのなかで、私たちが会話にその言葉を多用したことは言うまでもありません）。

晴れた、暖かい日です。サングラスをかけた女の子と、湿った緑の靴をはいた私は、カラン、という吊鐘《つりがね》の音を背中で聞いて歩きだしました。

バス停には、貸自転車屋の男の子が、お兄さんと一緒に見送りに来てくれていました。二人は、切れ長の目も、やや上を向いた鼻も、一目で兄弟とわかるほど似ていましたが、年の差は歴然としていました。

「きのうは弟がお世話になったそうで」

礼儀正しくさしだされた青年の手を、私と女の子は順番に握りました。

「ちがうよ。俺が世話したんだってば」

運転手は、きょうもガムをかみ、ラジオで音楽を聴いていました。私たちは座席に座って窓をあけ、兄弟に手をふりました。

「黒いきれいな犬によろしくね」

私が言い、

「今度街にバターを買いに来るときは、きっと家に寄ってね」

と、女の子が言いました。運転手がエンジンをかけます。あとは街まで一直線です。

お別れの挨拶のつもりなのでしょう。女の子は鞄からしゃぼん玉セットをとりだして、窓の外へ向けて吹き始めました。幾つも幾つものしゃぼん玉が、晴れた寒村に漂いでていきます。

私は隣で手をふりました。兄弟も手をふってくれました。

「ああ、おもしろかった」

兄弟がすっかり見えなくなると、座席の背にもたれ、満足の吐息をついて、女の子は言いました。

「それに、お友達ができたわね」

たった一日の旅行でしたが、女の子の言うとおり、帰るのは心躍ることでした。

なつかしい街、たくさんの商店、靴を買った靴屋、賑やかな広場、そして――。

見馴れた道、緑色の自動車、ギンモクセイの茂み、レモンの木のある庭。

お皿は首をながくして待っていました。テーブルの上で立ち上がり、私たちが身をかがめると、ひんやりした腕をまわして、ぎゅっと抱擁してくれました。

「ちっとも待ちどおしくなんかなかったわ」

口ではそう言いながら、嬉しさに目が輝いていました。

「旅がどんなにつまらなかったか、全部すっかり話してね」

それを聞くと、女の子は笑いだしました。

「まあ、お皿ったらしょうがないのね」

いとおしそうにそう言うと、もう一度お皿を抱きしめました。

この、いかにもお皿らしい愉快な物言いを聞いても、私は笑いませんでした。急に淋しくなったのです。旅が終ったいま、私は私自身の家に、帰りたくてたまりませんでした。

この場所に来るのは――帰るのも――、ふいにすきまに落ちるようなことです。

経験上、私はそれを知っていました。望んで来たり帰ったりはできないのです。おまけに私はさっきから、自分がふるえていることに気がついていました。ぞくぞくして、寒いのに汗がでてきます。この感じには覚えがありました。

「風邪をひいたみたい」

弱々しい声になりました。辛《かろ》うじて微笑んではみたものの、まったく惨《みじ》めな気持ちでした。

「大変」

女の子は言い、私を客間のベッドに寝かしつけてくれました。

まだ午後の盛りでしたけれども、カーテンを閉めきってあるために、部屋のなかは薄暗く涼しく、目の奥の痛む私に安心を与えてくれました。

「休まなきゃ」

女の子は言い、体温計と氷枕を持ってきてくれました。背後から、お皿も心配そうに顔をだします。

「雨に濡れたのがよくなかったのね」

私の髪をかきあげながら、女の子はやさしい声音で言いました。そして、「でも大丈夫。お薬をのんでよく眠って、汗をかいて栄養を摂《と》れば治るわ。風邪ってそういうものでしょう?」

と、笑顔で請け合ってくれるのでした。

それからの二日二晩、ふらつく足でトイレに行くときをのぞくと、私はずっとベッドで眠り続けました。自分の吐く息の熱さをわずらわしく思いながら、きれぎれにたくさんの夢をみました。

サーカスの夢のなかで、玉乗りをしながらぶどうの種とばしをしているのは、私と女の子とお皿でした。寒村の夢のなかで、宿の帳場に座っているのは豚紳士で、雨のなかで自転車に乗っているのは私と夫でした。

夜中に目をさまして、息をつめ、あたりをそっとうかがって、そこが自分の家ではないことがわかると、がっかりして悲しくなりました。女の子はしょっちゅう様子を見にやってきて、かいがいしく氷枕をとりかえたりしてくれたのですが、それでも私は家に帰りたいと思いつめていました。

三日目の夕方に、熱が下がりました。

「まだ油断しちゃだめよ」

女の子は言いましたが、私に劣らずほっとしていることがわかりました。

「すっかりよくなったら」

私を元気づけようとして、あかるい調子で女の子は喋り続けます。

「風呂敷に会いに、海に行きましょうね」

女の子の運んでくれた温かいミルクを、ゆっくり、すこしずつのんでいたときのことです。

「旅の話をして以来、お皿は俄然《がぜん》はりきっちゃって、いつか必ず寒村に行くって言ってきかないの。針のとれた時計っていうものを、一目見てみたいんですって」

女の子のおしゃべりが、なんだか遠くに聞こえるな、と思っていると、その声にかぶさるように、別の声——そして音楽——が聞こえました。私の、よく知っている曲でした。

「ミルク、全部のんだ？」

女の子が、私の手からカップを受け取ろうと手をのばしました。

マルセル・アモンでした。それに気づいた途端、手と手のあいだでカップがひっくり返って中身がこぼれました。

「あ」

声をだしたのが私だったのか彼女だったのか、いまもってわかりません。ただ、

「どうした？」

と言って駆け寄ってきたのが夫だったことと、私が自宅の台所に立っていたこと、テーブルにおしょうゆがこぼれていたことはたしかでした。居間からは、マルセル・アモンのアルバムの一曲目――ブルー・ブラン・ブロン――が流れてきます。

「こぼしちゃったの」

私はきわめてぼんやりした声でつぶやきました。

「台布巾、台布巾」

慌ててそれを探している夫に、私は説明することができませんでした。台布巾は彼女の家の、ベッドわきのテーブルに置いてきてしまった、という厳然たる事実を。

これが、私が彼女と過ごした、二度目の時間の顚末《てんまつ》です。一度目も二度目も、もう随分前のことでした。

その後私は妊娠し、新聞社を辞めたあと、無事に娘を出産しました。四年後に今度は男の子を授かって、私と夫は一男一女の父と母になりました。以来きょうまで何とか平穏無事に——とはいっても生活に小波《さざなみ》はたくさん立ちました。思いがけない事故や病気、口論やすれちがい、二度の引越し、再就職をするか否かの選択、大切な人たちとの別れ、まあそのようなことです——暮らしてきました。

そのあいだも、短いときで一年、長いときでも、八年の間隔をあけて、私は女の子とお皿のいるあの場所に、まさにすきまに落ちるみたいに唐突に、強引に、滑り落ちてでかけました。私をここ——夫と子供たちのいるここ——に連れ戻す力もまた、唐突で強引なのでした。

一度、彼女にしみじみと、こんなことを言われたことがあります。

「あなたはほんとに変わってるのね。会うたびに全く様子が違っているなんて、どう理解すればいいかわからないわ」

夜で、私たちは浜辺に座っていました。浜の様子も最初にそこを訪れたときのままなら、波の音も、風呂敷の住む掘っ建て小屋も、そのままでした。

「そうねえ」

すでにしっかり中年になり、髪にも白いもののまざっていた私は、困って曖昧《あいまい》に微笑み、足指のあいだの砂を手で払うまねをしました。

彼女はといえば、どこからどう見ても、小さな女の子のままでした。お気に入りの手提げには、あいかわらずシャベルやら飴やらがつっ込まれています。

「だって、考えてもごらんなさい」

立ち上がり、大きな歩幅で波打ち際までぴたぴたと歩きながら、女の子は言いました。

「そりゃあ世の中にはいろいろいるわ。子供も大人も、猫もカエルも。男もいれば女もいるし、おじいさんもいればお母さんもいる」

かがみこみ、海の水に手をひたしています。小さな、でも繊細なうえに立派な、うしろ姿だと私は思いました。

「でもね、女の子がお母さんになったり、おじいさんが中年の婦人になったりしたら、おかしいでしょう？　猫がカエルになったり、カエルが猫になったりしたら、わけがわからなくなっちゃう」

私は目を細めて、まつ毛のすきまから彼女を眺めていました。暗い海と空のあいだ、沖にでたところに、灯台が白い光を放っています。

「ほんとね」

微笑んで言う以外に、私に何ができたでしょうか。風が、彼女のやわらかい髪を、くしゃくしゃにして通りすぎていきました。海水の、底冷えするような深い匂いが、あたり一面にただよっています。

「手に入れたものがあるの」

ふり向いて、女の子は言いました。

「欲しかったもの。でも、ほんとは欲しくなかったかもしれない」

立ち上がっておしりをはたき、私は彼女のそばに寄りました。

「何なの？」

彼女のまねをして身をかがめ、両手を水にひたすと、つめたさにたじろぎました。

「過去の思い出よ」

声に笑みを含ませて、くっきりと彼女は言いました。

「あなたはいまここにいるけれど、あたしは、たとえばミス郵便局にもう会えない。ミセス緑の靴にも」

私は返答につまりました。

「過去の思い出って淋しいのね。それに悲しい。じれったくもあるし、絶望的でもある」

彼女が笑っていたことで、私はなんとか感傷的になりすぎずに済みました。

「それでもまた来る?」

ふいに訊かれ、

「たぶん」

とこたえたことを憶えています。冬の夜でした。海水よりさらにつめたいひきしまった空には、星が幾つか、緑色にまたたいていました。

私はこれまで、彼女と彼女のいる場所について、ずっと口をつぐんできました。あまりにも突飛《とっぴ》で、話してもわかってもらえない気がしていたのです。でも、たとえば去年生まれたばかりの孫娘が、嬉しそうにつかまり立ちして笑っているさなかに、ふいに表情を消し、動作まで止まって、やがて何もなかったかのように元の動作に戻るようなときに、考えてしまうのです。この子はいま、すきまに滑り落ちたのではないかしら。誰にも言わず、誰にも知られず、これから先、何度もそこを訪れることになるのではないかしら。

「お客さまは選べない。ちょっとへんでも仕方ない」

あの日、女の子はたしかに、そんな歌をうたっていましたから。

ギンモクセイの茂み、レモンの木の生えた庭、なんでも一人でてきぱきこなす、「小さなおんなのこ」。すきまから落ちたときにだけ会える、彼女は私の勇ましい友人です。

解説　「すきま」に生きる永遠の女の子

東　直子

好きになった本は、ふと思い出しては読み返す。読み返すたびに、心に響く部分がまるで違うことがあり、驚いてしまう。すっかり忘れていた場面に、妙に反応してしまったり。なぜそんなふうに、読むたびに感じ方が変わるのか。答は簡単。自分が変わったからである。本の中身は変わらないのだから。

年月が過ぎれば自分をとりまく環境や状況がどんどん変わり、身体は年を取っていく。いやおうなく。でも、一度纏《まと》められた本の中の世界は、ぴたりと閉じれば固い表紙に守られて、ずっと変わらない。書いた人が、読んだ人が、どんなに変わっても、たとえこの世にいなくなったとしても、どんなに時代が移り変わっても、本の中の世界は、永遠だ。

それはしごくあたり前のことだけれど、そのことを、物語としてこんなにいとおしく、切実に、そしてなにより愉快に感じさせてくれるものは、この本以上には、ないのではないか、と思う。

『すきまのおともだちたち』の「すきま」とは、現実の時間の流れとはちがう、変わることのないものが続いている場所のこと。主人公は、なんども意思とは無関係に突然「すきま」に落ち、数日をそこで過ごしたのち、突然現実の世界へ戻る。主人公の現実の時間がどんどん過ぎていっても「すきま」の世界の人は、変わらない。それは、本を開いて別世界へ誘われることと同じだ、と気がついたのだ。

一人の女性の、ですます調のやわらかな語り口で綴《つづ》られるのは、旅先で迷子になって出会った、九歳の「小さな女の子」との交流である。それが「すきま」の時間。若い新聞記者だった「私」は、取材のための旅行先で、恋人に書いた葉書を出すための郵便局を探しているうちに、女の子の住む不思議な世界へ初めて迷いこむ。女の子には、はじめから両親はなく、自動車も運転できるお皿（！）とだけ暮らし、てきぱきとなんでも自分でこなしながら生活している。

ふむふむ、これは、現実から異界へと迷い込むファンタジーなのだな、と思って読みはじめたのだが、読んでいるときの感触は、ファンタジーを読んでいるというよりは、しみじみと楽しい気分になる、旅の小説を味わっているようだった。

プライドが高くて繊細なお皿が思い出を語ったり、風呂敷の老夫婦が涙を流したり、靴屋さんからネズミの主人があらわれたり、と非現実的な登場人物がたびたび出てくるのにもかかわらず、おいしそうな食べ物や居心地のよさそうな建物、湿気や温度の体感など、ディテールの描き方がリアルで、この不思議な世界に自然に引き込まれていった。江國さんの独特の筆の力は、どんなに奇妙なものでも、力強くその世界に導いてくれる。その強引さが、たまらない。

女の子が庭で干していたシーツ、冷たいとり肉をはさんだサンドイッチ、海辺ででたらめに吹くハモニカ、ウエハースとミルクの夜ごはん、針が一本失《な》くなっている時計台の時計、新鮮なバターを食べてつやつやと光る黒い犬……。日常の一部として看過したかもしれないものが、言葉で丁寧に書きとめられることによって、それぞれの光を新鮮に輝かせ、わくわくさせてくれる。

女の子のいる世界の中に迷い込んだ「私」は「旅人」で、「旅人っていうのは、反対側の立場から見ると、お客さま以外の何者でもないのよ」ということになる。「私」は、小さな女の子によって、「お客さま」としてくつろぐ。大人が小さな女の子にもてなされる、という関係に、ぐっとくる。小さい女の子ながら、できる限りの智恵と力で、でも、あくまでもすましてもてなそうとする様子に、胸が熱くなるのである。ちょっとおかしくて、じわりと切なくて。

「はじめから、ひとりぼっちだったの」という女の子は、会ったこともない両親の墓を庭につくり、自力で生きていくための数々の工夫をして暮らしている。

女の子が、両親の保護なしに果敢に生きていく物語といえば、『長くつ下のピッピ』をすぐに思い出す。ピッピには「世界一つよい女の子」という、うたい文句がついていて、超人的な力が使えたり、行動がぶっとんでいたりして楽しいのだけど、子どもが一人で暮らす、ということの悲しさを感じさせないよう、力いっぱい超人的なキャラクターがつくられていたような気もする。極端すぎて、ちょっとついていけないなあ、と思うところもあった。

でも、ここに出てくる女の子は、ちがう。もっと自然に、きちんとつつましく生活を営んでいる。大人びた考えと、子どもらしい好奇心に充ちて。そして、なんと、固有の名前すら与えられていない。名前をたずねた「私」に、「あたしはおんなのこよ」とだけ言わせ、女の子は、「おんなのこ」として、生きている。

登場人物の誰もが、固有の名前を持たない。お皿はお皿、ミミズはミミズ。それぞれの姿をそのまま呼び合う。

女の子が、外に出掛けるときにサングラスをかけるナマイキな感じと、手提《てさ》げからシャベルの柄《え》をのぞかせているという幼さが同居する姿が、かわいい。女の子という生き物の醍醐味《だいごみ》だな、と思う。固有の名前を与えなかったから、その醍醐味がより爽快《そうかい》なのだ。個別の名前がない世界は、それぞれの存在感が際立つ。

成長するということは、祝福すべきことではあるけれど、痛切なことでもある。自分も、自分の子どもも、ずっと子どもでいられたらどんなによかっただろうか、とふと思うことがある。女の子が、バスの窓からさようならの挨拶《あいさつ》のかわりにしゃぼん玉を飛ばす場面がある。こんなお茶目な行動を、無邪気にやってみせることは、「おんなのこ」だからできること。レモンの木を植えて、レモネードを作って売り、永遠に子どものままで、自分の時間をこころおきなく純粋に楽しみながら生きていける女の子が、どこかにいると思うだけで、なんだかうっとりする。

どんな人も、かつては小さな子どもだった。正確な記憶は薄れているが、なぜあのときあんなことに自分は夢中になったんだろうと、過去を不思議な気持ちで思い返すことはできる。そして、「夢中」が楽しくて仕方なかったという感覚が、しっかりと残っている。「私」が、人生の折節にふいに落ちる「すきま」とは、自分の記憶の中で永遠に年を取ることなく生きている自分の中の子どもと対話し、ともに遊ぶということなのかもしれない。

様々なエピソードがある中で、「寒村」への旅の場面がなんだか好きである。「寒村」にも子どもだけでたくましく暮らしている男の子が出てきて、村がどんどん淋《さび》しくなっていくことを「悲しいことじゃない」とした上で「村には村の仕事があって、それはさびれることだった」と、冷静に言う。はっとした。身のまわりに起きることを、おろおろしたり、じたばたしたりせずに、受け入れて、善処する。それが、永遠の世界で、永遠に子どもで居続けることのしなやかさというものなのか、と思う。

「ここは変わらないわね」と「なつかしい場所に帰ってきたような気分」で言った「私」に、女の子は「そりゃあそうよ」と言う。「世界だもの。世界は確固たるものでなきゃあ」と。そういう場所を心の中で持ち続けることができたら、とても勇気が出ると思う。事実、この小説を読んでいるうちに、落ち込んでいた気分が、気持ちよいくらい晴れ晴れとしてきたのだった。

そして、「過去の思い出って淋しいのね」という、過去の姿を失っていく「私」に女の子がつぶやいた言葉が、胸に響く。不可逆的な時間の世界に生きている者として。

物語に挟み込まれるこみねゆらさんの繊細な絵は、光がきらめいているのに、どこか淋しげで、「すきま」の世界に、ほんとうによく似合っている。この本の前身のような『おさんぽ』（白泉社）という絵本では、同じように勇敢な女の子が闊歩《かっぽ》し、おもしろい「おともだちたち」が登場している。あわせて読むと、より楽しめると思う。

人生を一時停止できる場所の色は、たしかにこんな色をしているのだろう、と「すきま」の思い出を反芻《はんすう》しつつ、その絵を、しばらく眺めた。

この作品は二〇〇五年六月、白泉社より刊行されました。

集英社文庫

すきまのおともだちたち

2008年5月25日　第1刷
2010年11月13日　第6刷

定価はカバーに表示してあります。

著　者　江國香織《えくにかおり》
　絵　　こみねゆら
発行者　加藤　潤
発行所　株式会社 集英社
東京都千代田区一ツ橋2-5-10　〒101-8050
電話　03-3230-6095（編集）
03-3230-6393（販売）
03-3230-6080（読者係）

印　刷　図書印刷株式会社
製　本　図書印刷株式会社

フォーマットデザイン　アリヤマデザインストア　　マークデザイン　居山浩二

ISBN978-4-08-746293-7 C0193